Uwe Goeritz

Die Feuerbringerin

© 2016 Uwe Goeritz

Coverfoto: Marion Jana Goeritz

Herstellung und Verlag: BoD – Books on Demand, Norderstedt

ISBN: 978-3-7412-8368-0

Inhaltsverzeichnis

Die Feuerbringerin

Was wäre, wenn du morgen früh aufwachst und du bist in einer ganz anderen Zeit, als in der, in der du am Tage zuvor eingeschlafen bist? Oder du gehst durch eine Tür und alles ändert sich? Judith, der Heldin dieser Geschichte, ist genau das passiert.

Sie erwacht diesmal zwischen fremden Wesen, fern ab ihrer bisherigen Gewohnheiten. Auch in diesem zweiten Abenteuer wird sie in ein Zeitalter der Gewalt und der Dunkelheit geworfen. Wie soll sie sich entscheiden? Für das Böse und Dunkle, um auf ihre Welt zurück zu kehren, oder für das Gute und Helle. Oder kann sie sogar eine Änderung dieser Zeit bewirken?

Wie würdest du dich entscheiden?

Sämtliche Figuren, Firmen und Ereignisse dieser Erzählung sind frei erfunden. Jede Ähnlichkeit mit echten Personen, ob lebend oder tot, ist rein zufällig und vom Autor nicht beabsichtigt.

1. Kapitel

Ein paar seltsame Tiere

Judith drehte sich zur Seite. Gerade hatte etwas im Schlaf ihren Arm berührt. Sie schlug die Augen auf und sah nicht, wie erwartet, ihren Mann Andreas neben sich liegen, den sie erst vor einem Monat geheiratet hatte, sondern sie sah ein seltsames Tier. Es war violett und sah aus wie eine Kombination aus Katze, Igel und Hase. Ein Katzenkopf mit Hasenohren und langen, spitzen Stacheln über dem Rücken. Das seltsame Tier saß direkt neben ihrem Kopf und starrte ihr in die Augen, dann fraß es wie ein Hase etwas von dem Gras, was direkt vor seinem Maul wuchs.

Die Frau setzte sich auf und sah direkt über dem Horizont vor sich zwei Monde aufgehen. Einen Vollmond und einen als breitere Sichel weiter an der Seite. „Wo bin ich den hier gelandet?" fragte sie laut und das seltsame Tier quickte wie ein Ferkel. Gerade eben war Judith noch in ihrem Bett eingeschlafen und nun, wenig später, saß sie im Nachthemd in lila Gräsern. „Das hier ist sicher nicht die Erde." stellte sie fest und strich dem Tier über den Kopf.

Einen Moment war sie abgelenkt, das Tier schnappte zu und biss in Judiths Finger. „Aua." schrie Judith, mehr vor Schreck als vor Schmerz. Das Tier erschrak und lief, seltsam watschelnd, schnell über die Wiese von der Frau weg. Sie steckte sich den gequetschten Finger in den Mund und leckte den Blutstropfen ab. Dann fuhr sie mit der anderen Hand durch das Gras, das ganz weich, wie Samt, war. Sie schaute auf ihre nackten Füße, die zwischen den Halmen standen. Das Gras war keine zehn Zentimeter hoch, es lief in kleinen, breiten Blättern aus, eher so, wie man Basilikum in der Küche im Blumentopf fand, aber es duftete nicht so und die Farbe passte auch nicht dazu.

Langsam begann die Dämmerung und eine kleine Sonne stieg an der Kante eines Berges über den Horizont. Die Frau schaute sich im Lichte dieser Sonne um. Noch immer saß sie in der Wiese, es war eine flache, große Ebene, mit ein paar Bergen weit hinten am Horizont. Schließlich stand sie auf. Das Gras kitzelte ihre Füße bei jedem Schritt und es war auch im Lichte der Sonne immer noch lila. Ein paar Bäume mit gelben Blättern, die wie Finger aussahen, standen vereinzelt mitten auf der Wiese. Keiner der Bäume war größer wie Judith, die meisten eher kleiner, so dass sie auf die Baumkronen herunter schauen konnte.

Sie fühlte sich wie ein Riese auf dieser Wiese. Auch der Himmel hatte einen leichten lila Farbton und sah nicht so aus, wie der Himmel auf der Erde. Kein Wölkchen war dort oben zu sehen.

Noch einmal schaute sie sich um und sah nun eine Gruppe von grünen Wesen auf sich zu laufen. Sie waren höchstens einen Meter groß und schwangen Stöcke und Keulen. Judith lief vor ihnen weg, und da sie viel längere Beine als die Grünlinge hatte, konnte sie der Gruppe schnell entkommen. Sie lief eine kleine Anhöhe hinauf und schaute auf die Wesen zurück, die ihr nicht auf den Hügel folgen wollten. Seltsam war auch, dass sie keinerlei Geräusch machten, sie drohten nur stumm in ihre Richtung.

Eine ganze Weile standen sie so da, Judith oben und etwa zwanzig dieser Wesen befanden sich, immer noch wild gestikulierend, unten, keine dreißig Meter von ihr entfernt. Die Wesen sahen wie grüne Affen mit Zottelfell aus, aber sie hatten spitze Ohren. Obwohl der Anstieg nur ganz sanft war traute sich keines von ihnen die Wiese zu verlassen. Sie fletschten nur die Zähne und drohten mit ihren Fäusten und Stöcken in Judiths Richtung. Die Frau stand immer noch oben auf der Spitze der Erhebung, die nur etwa zehn Meter über die flache Wiese reichte.

Der Hügel war kreisrund und von blauen Moos bewachsen. Unschlüssig stand die Frau oben, was sollte sie tun? Auf der anderen Seite wieder hinunter gehen? Würden die grünen Wesen sie vielleicht dort erwarten? Aber sie könnte ihnen ja sicher auch dort entkommen. Judith drehte sich um und wollte gerade den ersten Schritt machen, als plötzlich der Boden unter ihren Füßen bebte. Sie setzte sich schnell hin, um nicht zu stürzen. Die grünen Wesen liefen nun laut schreiend weg. Die Anhöhe, die etwa fünfzig Meter im Durchmesser war, bewegte sich in die entgegengesetzte Richtung fort. Judith saß immer noch erschrocken oben drauf.

Die Frau ließ sich zur Seite hinunter rutschen und sah, auf dem Boden neben der Erhöhung stehend, dass dieser Hügel ein riesiges Tier mit sicher hundert Füßen war. Sie ging schnell nach vorn und sah einen großen Kopf. Das Tier hatte ein gigantisches Maul und etwa tellergroße Augen, die aber im Verhältnis zum Kopf sehr klein wirkten. Der Kopf des Tieres war in etwa so groß wie ihr Kombi zu Hause und das Maul so groß wie ihr Kofferraum.

Spitze gelbe Zähne steckten in diesem Maul und gaben dem Tier einen gefährlichen Anblick. Judith wusste nicht, ob das Tier wirklich gefährlich war, aber sie blieb lieber auf Abstand. Das Tier schnappte schließlich nach ihr, aber Judith lief schnell zur Seite weg. Zum Glück war sie sicher doppelt so schnell wie das gigantische Tier. Nach ein paar Metern stoppte das Tier und legte sich wieder hin. Nun war es wieder der Hügel im Gras von vorhin.

Ob das Tier ruhte oder auf Beute lauerte wollte Judith lieber nicht überprüfen. Sie sah noch ein paar dieser Hügel auf der Wiese liegen. Nun wusste sie aber, was es damit auf sich hatte und lief immer im großen Bogen drum herum. Ein paar von den kleinen Igelkatzen sah Judith auch noch auf der Wiese. Sie sah der aufgehenden Sonne entgegen und überlegte sich, wohin sie sich wenden sollte. Judith schaute sich um und sah zu den Hügeln am Horizont. Da sie nicht planlos umher irren wollte suchte sie sich einen der Berge aus, der eine markante Spitze hatte. Die kleine Sonne wärmte sie nun von der Seite und sie schritt zügig über die Wiese auf ihren Berg zu. Nach etwa zwei Stunden endete die Wiese und ein kleiner Wald begann, dessen Bäume etwas größer waren als die Frau.

2. Kapitel

Der verwünschte Wald

Obwohl die Frau noch gar nicht lange gelaufen war, stand die Sonne schon genau
über ihr. Auf diesem Planeten waren die
Tage anscheinend nicht so lang wie auf der Erde.
Und immer noch spendete nicht ein Wölkchen ihr
irgendeinen Schatten. Unbarmherzig brannte diese fremde Sonne auf ihren Kopf herunter.
Schließlich hatte sie den Rand der Wiese erreicht,
ein kleiner, etwa einen Meter breiter, Bach floss
dort entlang. Judith kniete sich hin und schöpfte
mit beiden Händen etwas Wasser aus dem Ge-
wässer. Es schmeckte süßlich, war aber ange-
nehm kühl. Vermutlich gab es eine Quelle, aus
der dieser Bach gespeist wurde. Etwas von dem
Wasser goss sie sich auch zur Kühlung über den
Kopf. Ihre blonden Haare trieften bald vor Nässe
und es wurde etwas angenehmer. Sicher würde es
aber nicht lange dauern, bis ihre Haare wieder
trocken sein würden.

„Jetzt erst mal schnell in den Schatten." dachte sich die Frau. Sie ging ein paar Schritte zurück,
nahm etwas Anlauf und sprang hinüber. Hinter
dem Bach waren ein paar Steine und sie rutschte

auf ihnen aus. Sie warf sich nach vorn, um nicht in den Bach zu fallen, und landete auf allen vieren im Gras. Schnell rappelte sie sich wieder auf und ging die letzten zehn Meter langsam zu den Bäumen hinüber. Sie drehte sich um, setzte sich vor einen der Bäume hin und wollte sich an ihn anlehnen. Aber sie fiel nach hinten um und landete auf dem Rücken, dabei war sie doch sicher gewesen, dass der Baum hinter ihr gestanden hatte. Sie drehte sich zum nächsten Baum um und wieder war der Baum verschwunden, als sie sich daran anlehnen wollte.

Judith stand auf und ging auf einen der Bäume zu, im letzten Moment, bevor die Frau ihn berühren konnte, bewegte der Baum sich auf einmal zur Seite. „Sind das überhaupt Bäume?" dachte Judith und sah den ganzen Wald an. Es waren sicher ein paar hundert Bäume, die alle mit dem fast gleichen Abstand unbeweglich da standen. Immer wenn sie sich auf einen der Bäume zu bewegte, wich dieser ihr aus. Die Wurzeln waren wie Füße, mit denen sie den Platz wechseln konnten und sie waren schnell dabei. Schneller als Judith zufassen konnte. Ansonsten sahen sie wie Bäume auf der Erde aus. Allerdings hatten sie gelbe Blätter. Aber Stamm und Wurzeln waren Braun. Die Rinde genauso, wie sie es von einem Baum erwartet hatte. Die Stämme waren etwa dreißig Zentimeter im Durchmesser und die Kronen etwa drei Meter.

Die Frau überlegte, wie sie die Bäume austricksen konnte, obwohl sie gar nicht wusste was sie damit sollte. Sie hatte nur das Gefühl, dass ein Baum eben still dastehen und sich nicht hin und her bewegen sollte. Sie ging auf einen von ihnen zu und im letzten Moment sprang sie zur Seite, umarmte den Baum, der unmittelbar daneben stand und so schnell nicht reagieren konnte. Die Baumkrone begann unmittelbar über dem Kopf der Frau. So standen sie eine ganze Weile, bis Judith los ließ. Der Baum blieb stehen und ließ nun zu, dass Judith ihre Hand auf die Rinde legte.

Im Gedanken verband sie sich mit dem Baum und schon hörte sie seine Stimme in ihrem Kopf. Sie entschuldigte sich bei dem Baum und er erklärte ihr, dass man hier sehr vorsichtig sein musste. Mittlerweile setzte auch schon die Dämmerung ein, und sie wollte im Dunkeln nicht hier umherirren. Der Baum bot an, ihren Schlaf zu beschützen und Judith legte sich dankbar zu seinen Füßen hin. Eigentlich hatte sie ja beabsichtigt in seinem Schatten den Tag zu verbringen, doch nun wurde es die Nacht, die sie zu seinen Füßen verbringen würde.

Alle Bäume bildeten einen Kreis um Judith, der so undurchdringlich war, dass sie kein Licht mehr von außen durchkommen sah. Schnell schlief sie ein und der Baum erschien ihr im Traum. Er erzählte, dass er schon tausend Jahre hier stand und in der letzten Zeit immer mal wieder Bäume einfach so verschwanden. Fröstelnd erwachte Judith und legte ihre Arme um ihren Körper. Es war kalt und sie hatte nur das Nachthemd an. So heiß wie es am Tag gewesen war, so kalt wurde es hier in der Nacht. Die Unterschiede waren so groß, wie sie es von der Erde nur aus der Wüste kannte. Das Gras konnte offensichtlich nicht so viel Wärme speichern und da es keine Wolken gab, strahlte die Wärme in der Nacht wieder in das Weltall ab. Es waren sicher nur noch fünf Grad.

Sie dachte an den Ausflug damals nach Schottland und ließ das Feuer wieder durch ihre Hände fließen. Sie zog die Knie an und legte die Arme vor sich um Knie und Körper herum. Schon wenig später wurde ihr warm, aber die Bäume wichen vor dem Feuer in ihr zurück und machten den Kreis etwas größer um die Frau. herum Mit Feuer wollten sie nichts zu tun haben, das war für einen Baum zu gefährlich. Langsam setzte auch die Dämmerung wieder ein, es wurde wieder heller und mit dem Sonnenaufgang kam auch die Wärme zurück.

Der Baum berichtet Judith, dass in der Nacht wieder zwei Bäume spurlos verschwunden waren und keiner der Bäume hatte etwas bemerkt. Judith versprach alles in ihrer Macht stehende zu tun, um das Verschwinden der Bäume aufzuklären. Vielleicht war das ja diesmal ihre Aufgabe hier auf diesem Planeten. Noch war sie sich da nicht so sicher, aber bestimmt war sie nicht ohne Grund hier gelandet. So saß sie nun im Kreise der Bäume. Schließlich stand sie auf und ging zu dem kleinen Bach zurück, um sich zu waschen. Ein kleines, buntes Fischlein schwamm an ihren Händen vorbei, als sie diese ins Wasser hinein tauchte. Sie nahm einen Schluck von dem Wasser und dachte daran, dass sie schon lange nichts mehr gegessen hatte, aber gab es hier etwas Essbares? Das Gras wollte sie lieber nicht probieren.

Der Wind trug von der Seite Rauch zu Judiths Nase. Wo es Rauch gab, da gab es sicher auch etwas zu essen. Sie verabschiedete sich von den Bäumen und ging los. Sie folgte dem kleinen Bach, bis sie an den Rand eines Berges kam, wo der Bach als Wasserfall in die Tiefe stürzte. Daneben ging der Pfad eine Anhöhe hinauf und sie

folgte diesem Weg. Da, wo der Bach in das Tal
stürzte, war die Sicht nicht so gut gewesen, aber
oben würde sie sicher sehen können, was hinter
der Wand aus Felsen war. Langsam stieg sie den
Hügel hinauf.

3. Kapitel

Im Dorf der Riesen

Sie stand am Rande einer tiefen Schlucht und schaute hinunter. Dort unten sah sie ein paar winzige Häuser und wo Häuser waren, da wohnte jemand. Wo jemand wohnte, da gab es sicher auch etwas zu essen. Judith hörte ihren Magen knurren, sie sah sich um, wo in der Nähe ein sicherer Abstiegspunkt in das Tal war und sie bemerkte einen steilen Pfad, der sich ein ganzes Stück von ihr entfernt auf ihrer linken Seite über den Hang hinab schlängelte.

Vorsichtig bewegte sie sich an der Kante der Schlucht entlang. Der Weg war ziemlich schmal und Judith musste einigen Steinen ausweichen, die dort auf dem Weg lagen. Nach etwa zwei Stunden stand sie endlich an der Stelle, an der der Weg nach unten begann und nun musste sie dem Pfad nachgehen. Hier musste sie aber genau so vorsichtig gehen, wie vorher oben am Hang. Zweimal war sie auf dem Weg gestolpert und nur mit Mühe hatte sie verhindert, dass sie ausrutschte und damit in die Tiefe fiel. Auf allen vieren hatte sie sich jedes Mal wieder abgefangen und dabei auch ihre Hände zerkratzt.

Der steinige Weg reflektierte viel mehr von der Sonne als das Gras, auf dem sie oben noch gegangen war. Die Hitze wurde immer schlimmer, aber das Dorf zog sie in das Tal hinunter. Sie begann vor Erschöpfung zu schwanken und lief immer unsicherer. Aber Schatten gab es ja hier keinen. Sie musste einfach weiter nach unten.

Der dritte Sturz, weiter unten auf dem Weg, war viel heftiger gewesen, als die beiden davor. Sie stöhnte auf, als sie mit dem Knie den Boden berührte. Mühsam rappelte sie sich wieder hoch. Mitten auf dem Weg setzte sie sich auf einen Stein und sah ihr aufgeschlagenes Knie an. Die Frau riss ein Stück von ihrem Nachthemd ab und verband sich das Knie. Dann stemmte sie sich wieder hoch und hinkte weiter. Auf diesem Hang wuchsen keine Bäume und kaum Gras. Nur selten sah sie einen kleinen Strauch am Rande des Weges stehen. Am Ende des Weges, immer noch tief unter ihr, sah sie die kleinen Häuser mit roten Dächern und der Rauch stieg ihr immer noch verführerisch in die Nase. Es roch nach gebackenen Brot. Ihr Magen trieb sie unaufhaltsam vorwärts.

Je weiter sie nach unten kam, umso größer wurden die Häuser und als sie unten vor dem ersten Haus stand, sah sie, dass die Häuser wirklich sehr groß waren. Die Tür des Hauses war sicher sieben Meter hoch. Sie stand staunend davor und hatte nicht einen Augenblick daran gedacht, dass es vielleicht gefährlich hier war. Sie war viel zu erschöpft von dem langen Weg und setzte sich an die Ecke des Hauses. Immer noch roch sie das Brot und konnte aber nicht sehen, wo der Herd stand. Sicher war er in dem Haus, aber selbst da hätte sie bei dem wahrscheinlich ebenfalls großen Herd sicher nicht bis zur Tür gereicht, geschweige denn, dass sie ein Brot hätte heraus ziehen können. Die Brote waren sicher auch riesig groß.

Ein Kind, das doppelt so groß war wie Judith, spielte an der anderen Seite der Hütte. Mit einem gewaltigen Stoffbären kam es um die Ecke. Als es Judith sah rannte es in die Hütte hinein. Wenig später kam es mit seinem Vater zurück. Der Mann war etwa sieben Meter groß und beugte sich zu Judith herunter. Bevor sie etwas sagen konnte hatte er sie in seine riesigen Hände genommen und hoch gehoben. Er umklammerte die Frau fest, aber so, dass sie keinen Schaden nehmen konnte. Dann trug er sie recht unsanft zur Mitte des Dorfes.

Alle Versuche Judiths, sich aus der Umklammerung zu befreien, blieben ohne Erfolg und wenig später saß sie in einem Käfig, in dem sich schon ein paar andere Wesen befanden, die so wie Judith aussahen, nur das sie spitze Ohren hatten. Die Fremden waren zwei Männer und eine Frau, die anscheinend schon länger hier gefangen waren. In der Ecke lagen ein paar Krümel Brot, die aber immer noch so groß waren wie eine Scheibe auf der Erde. Judith stürzte sich auf diese Brotreste und verschlang sie, ohne darüber nachzudenken, dass sie vielleicht den Fremden gehörten.

Als sie mit dem Essen fertig war sah sich Judith in ihrem neuen Zuhause um. Der Käfig bestand aus armdicken Eisenstangen, die in etwa zehn Zentimeter Abstand voneinander in den Boden gerammt waren und etwa vier Meter nach oben ragten. Oben war der Käfig offen, aber man konnte auch nicht nach oben klettern, die Stangen waren zu glatt und es gab nichts, woran man hätte Halt finden können. Die Grundfläche war etwa zehn mal zehn Meter und auf der einen Seite war außerhalb, in etwa zwei Metern Abstand, eine kleine Mauer gezogen. Judith setzte sich wieder in die hinterste Ecke, unmittelbar vor das Ende dieser Mauer, und beobachtete die drei anderen Gefangenen.

Die Frau hatte lange schwarze Haare und ein weißes Kleid an, das fast bis zum Boden reichte. Eine weiße Jacke hatte sie in der Hand. Die Männer trugen blaue Uniformen und standen vorn am Gitter, während die Frau sich dahinter aufhielt. Sie redeten in einer fremden Sprache und suchten offenbar eine Möglichkeit zur Flucht, doch das Gitter war viel zu stabil. Judith sah die Stiefel der Männer und schaute auf ihre Füße. Die Steine des Weges hatten ihre Spuren deutlich hinterlassen. Kleine blutende Wunden sah sie und versuchte die Blutungen mit einem Stück Stoff, dass sie von ihrem Nachthemd abriss, zu stoppen.

Die andere Frau sah dies und kniete sich vor Judith hin. Sie gab ihr ein Taschentuch und Judith nickte dankbar. Vorsichtig tupfte sie die schmerzenden Stellen ab und versuchte sie zu säubern. Mit etwas Wasser aus einer Pfütze gelang ihr das schließlich. Langsam senkte sich die Dämmerung auf das Dorf nieder und Judith versuchte sich einzurollen, damit es ihr nicht so kühl war. Sie wechselte mehrmals den Platz, bis sie einen gefunden hatte, an dem sie zur Ruhe kommen konnte. In einer Ecke war sie vor dem Wind geschützt. Sie zog die Knie an und rollte sich auf die Seite. Nach ein paar Minuten war sie eingeschlafen.

4. Kapitel

Freundinnen?

Die Strahlen der Morgensonne kitzelten Judiths Nase und sie musste niesen. „Gesundheit." sagte jemand und aus Reflex sagte sie „Danke." dann erst schlug sie die Augen auf. Wer konnte ihr hier antworten? Sie sah in das freundliche Gesicht der anderen Frau, die neben ihr im Käfig geschlafen hatte, und nun neben ihr saß. Judith war mit der Jacke der Frau zugedeckt, die diese ihr sicher im Schlaf um ihre Schultern gelegt hatte. Hatte sie hier eine Freundin gefunden?

Sie setzte sich auf und gab die Jacke zurück, dann streckte sie sich aus. „Du kannst mich verstehen?" fragte Judith und die andere antwortete mit „Ja" in einer fremden Sprache, die Judith aber verstand. Sie selbst antwortete in derselben fremden Sprache, ohne sie eigentlich zu kennen. „Mein Name ist Judith. Ich bin von der Erde." sagte sie. „Aschfari, ich bin von dort." sagte die schwarzhaarige Frau und zeigte auf einen Berg hinter dem Dorf. Sie hatte die langen Haare über die Ohren gezogen, oder sie waren ihr beim Schlafen über die Ohren gefallen, und sah somit genauso aus wie jeder Mensch von der Erde auch. Sie nahm einen Streifen Stoff und band ihn sich so um die Stirn, dass er wie ein Haarband ihre Haare zurück hielt. Nun waren ihre spitzen Ohren frei und für Judith wieder sichtbar. Kleine silberne Ohrstecker steckten in den Ohrläppchen, so wie sie auch Judith auf der Erde schon mal gehabt hatte.

Im Dorf wurde es lauter und auf einem Platz vor dem Käfig trafen sich zehn der riesigen Wesen, die lautstark miteinander redeten. Es waren alles Männer und ihre Sprache klang wie Donner, es bildeten sich nach kurzer Zeit zwei Gruppen, die sich nun gegenseitig anschrien. Judith hockte sich zusammen mit Aschfari in die hinterste Ecke und hielt sich die Ohren zu. Sie spürte in den Füßen, wie der Boden von den Schritten der Riesen bebte. Trotz zugehaltener Ohren waren die Stimmen immer noch sehr laut zu hören.

Nach einer Weile trat einer der Riesen an das Gatter. Er griff hinein und hob einen der Männer an. Wenig später hatte er ihn zerrissen und zu Boden geworfen. Judith hatte den Mund aufgerissen, doch der Schreck hatte den Schrei verstummen lassen, bevor er ihren Mund verlassen konnte. Sie sah zu Aschfari, doch auch ihre Augen waren vor Schreck ganz weit offen. Jeder Blutstropfen war aus dem Gesicht der Frau gewichen. Wieder griff der Riese in das Gatter und tötete den zweiten Mann, der sich zappelnd gewehrt hatte.

Bei den anderen Riesen brach ein Tumult aus. Offensichtlich stritten sie darüber, was der eine der Riesen gerade getan hatte. Wieder kam er an das Gitter und ergriff Judith. Sie setzte sich selbst in Flammen und der Riese schrie auf. Er ließ sie fallen und betrachtete seine verbrannte Hand. Dann pustete er zur Kühlung darauf und hüpfte auf einem Bein umher, dabei trat der Riese gegen das Gitter. Ein Spalt, gerade groß genug für Aschfari, tat sich auf. Schnell schlüpfte die Frau hindurch und half Judith auf.

Beim Sturz hatte sie sich den Fuß verstaucht und nun hinkte sie hinter Aschfari her. „Nach links!" rief Judith und zeigte auf einen Hohlraum, den sie gerade unter einer der Hütten gesehen hatte. Der Spalt war gerade groß genug, das sie hindurch schlüpfen konnten. Einer der Riesen rannte mit donnernden Schritten hinter ihnen her und versuchte in den Hohlraum zu greifen, in den die beiden Frauen gerade noch rechtzeitig hatten verschwinden können, doch er konnte nur die

Finger hinein stecken. Die beiden Frauen pressten sich an die Rückwand des Hohlraumes und verharrten dort still sitzend.

Immer mehr Riesen tobten vor der Hütte herum und schrien sich gegenseitig an. Der Lärm war so groß, dass die Hütte über den beiden Frauen wackelte. Sie hielten sich die Ohren zu und von Zeit zu Zeit fielen kleinere Brocken von der Höhlendecke herunter. Zum Glück traf keiner die Frauen. Das Schreien und Poltern ging fast den halben Tag, dann wurde es leiser. Die Frauen saßen in der Dunkelheit und warteten, dass sie fliehen konnten. Nachdem es nun etwas ruhiger geworden war nahm Judith die Unterhaltung des Morgens wieder auf. „Wie bist du eigentlich hier her gekommen?“ fragte Judith und die andere antwortete „Unser Fluggerät ist abgestürzt und die Riesen haben uns gefunden. Die beiden Piloten und ich wir waren die einzigen überlebenden.“ bei dem Gedanken an die beiden Männer begann sie zu schluchzen. Der Schreck über das grausame Ende der beiden Männer saß den beiden Frauen noch in den Knochen.

„Wo müssen wir hin, um in Sicherheit zu sein, falls wir hier entkommen können?“ fragte Judith. „Auf dem Berg, den ich dir vorhin gezeigt habe. Da steht eine Burg meines Volkes. Da sind wir sicher." antwortete Aschfari. Judith starrte auf den schmalen Schlitz, durch den etwas Licht in die Höhle fiel und wartete stumm darauf, dass die Dunkelheit kommen würde. Sie massierte sich ihren Fuß und bewegte ihn so, dass sie später wieder damit laufen konnte. Denn sie würden sicher rennen müssen, falls es ihnen gelang, in einem unbeobachteten Moment, die schützende Höhle wieder zu verlassen. Sie hatte sich zwar einen Teil des Dorfes angeschaut, aber in diesem Teil hier war sie noch nicht gewesen.

Judith hoffte, dass Aschfari sich hier etwas auskannte. Der Lärm vor der Höhle wurde wieder lauter und sie hielt sich die Ohren zu. Ein steinerner Brocken, etwas so groß wie ihr Kopf, fiel von oben herab und schlug unmittelbar zwischen ihren Beinen auf den Boden auf. Judith zuckte zusammen und presste sich noch enger an die Rückwand.

Die Zeit des Wartens dehnte sich unendlich lang dahin und der Schrecken durch die Gewalt der Riesen zusammen mit den herunterfallenden Steinbrocken sorgten nicht unbedingt dafür, dass sie sich sicher fühlen konnte. Sie fühlte sich so hilflos, nichts konnte sie unternehmen, nur warten. Es gab auch keinen anderen Ausgang aus der Höhle. Sie hatte schon die Rückwand abgetastet, aber nichts gefunden, was groß genug gewesen wäre, um hindurch zu schlüpfen. Nicht einmal eine Maus hätte durch die Schlitze an der Rückwand entkommen können. Von Zeit zu Zeit bebte die Rückwand hinter Judiths Rücken von den Schritten der Riesen, die sicher auch auf der anderen Seite der Hüte entlang gingen.

5. Kapitel

Ein tiefer Fall

Die Stimmen waren verstummt. Nur noch ein leises Murmeln, wie das eines Baches im Gebirge, war zu hören. Ein paar Mal hatten die Riesen noch versucht die beiden Frauen zu fassen, doch zum Glück war es bei dem Versuch geblieben. Endlich war es draußen so dunkel geworden, dass sie den Versuch einer Flucht wagen konnten. Vorsichtig kroch Judith zum Spalt und schaute hinaus. Ein paar der Riesen saßen, mit dem Rücken zu ihr, an einem großen Feuer und schauten auf die Flammen. War das eine Falle? Vorsichtig schob sie ihren Kopf durch den Spalt und schaute nach Links und Rechts, aber alles war ruhig. Sie zog ihren Kopf wieder ein, winkte Aschfari zu sich und gemeinsam verließen sie leise die Höhle unter dem Haus, die den ganzen Tag ihr Versteck gewesen war.

Judith konnte noch nicht richtig auftreten und so rannten sie nicht, sondern sie schlichen durch das Dorf und versuchten so wenig Geräusche zu machen, wie nur irgend möglich. Fast auf Zehenspitzen ging Judith zum Ausgang des Dorfes hin. Langsam knurrte auch wieder ihr Magen, weil sie seit dem letzten Tag schon nichts mehr gegessen hatte, aber sie hoffte, dass niemand dieses Geräusch hören würde. Zum Glück kannte sich Aschfari hier, auf dieser Seite des Riesendorfes, anscheinend sehr gut aus, denn sie führte Judith in der Dunkelheit zielsicher aus dem Dorf heraus.

Ein paar Mal mussten sie sich an die Wand eines Hauses drücken, weil einer der Riesen an ihnen vorbei ging, aber zum Glück bemerkte sie keiner. Alles blieb ruhig, ihre Flucht war nicht bemerkt worden. So langsam, wie sie durch das Dorf gingen schien auch die Zeit zu vergehen. Immer hatte Judith Angst, dass sie doch noch gefasst werden würden. Mehr Angst hatte sie allerdings um Aschfari, sie selbst konnte sich da gut wehren, was ihre Flucht am Morgen ja gezeigt hatte. Auch hatte Aschfari nicht gefragt, warum der Riese sie hatte fallen gelassen und so hatte Judith ihre speziellen Fähigkeiten lieber für sich behalten.

Nach dem letzten Haus ging es steil bergauf. Judiths Fuß tat ihr wieder weh und so hinkte sie nun, mehr als das sie lief, hinter der anderen Frau her. Aschfari blieb stehen und sagte „Wetara zeigt uns den Weg." dabei zeigte sie auf einen der Monde, der als silberne Scheibe genau vor ihnen stand und den ganzen Weg beleuchtete. Judith nickte und fragte schließlich „Du kanntest dich im Dorf gut aus. Offensichtlich bist du schon mal hier bei den Riesen gewesen. Warum haben die Riesen die Männer getötet, wenn ihr euch doch anscheinend kennt?“ „Die Riesen arbeiten für unser Volk. Aber warum sie auf einmal so gewalttätig geworden sind kann ich dir nicht sagen. Früher haben wir uns oft gegenseitig besucht.“ antwortete Aschfari und schaute zum Feuer im Dorf zurück. Sie hakte die Freundin unter und wendete sich wieder dem Aufstieg aus dem Tal zu.

Langsam stiegen sie den Berg hinauf. Auch auf dieser Seite lagen spitze und scharfkantige Steine. Judith war ja immer noch Barfuß, nur Aschfari trug Stiefel und als Judith wieder etwas besser auftreten konnte nahm Aschfari Judiths Hand, zusammen gingen sie langsam und vorsichtig im Mondlicht weiter den Berg hinauf. Ein paar Mal rutschte Judith aus, aber Aschfari hielt sie so fest, dass sie diesmal nicht stürzte. Auf dem halben Weg sah Judith ein paar Trümmer neben dem Weg liegen. Sie zeigte darauf und Aschfari sagte „Das sind die Reste meines Fluggerätes, mit dem wir vor ein paar Tagen hier abgestürzt sind.“ ein Teil der Trümmer schien noch zu qualmen, aber das konnte nach der langen

Zeit, die seit dem Absturz vergangen war, ja eigentlich nicht sein. Die beiden Frauen gingen vorsichtig durch das Trümmerfeld auf dem Hang. Große und kleine Bruchstücke, Tragflächenreste und verbogenen Stahlträger lagen kreuz und quer herum. An einigen war noch die Beplankung zu sehen. Im Mondlicht konnte Judith keine Farben ausmachen, aber Teile davon schienen bemalt gewesen zu sein.

Auch ein paar Sitze fand Judith und an einem war noch ein Wesen angeschnallt. Judith schreckte zurück, als sie in die toten Augen schaute. In der Nähe der Spitze fand Judith einen Kasten, an dem noch einige Lichter blinkten und hob ihn auf. Aschfari sah ihn sich an und sagte „Das scheint unser Funkgerät zu sein, aber da ist nur noch das Mikrofon dran. Der Lautsprecher fehlt." dabei zog sie an einem abgerissenen Kabel und zwei Funken zuckten auf. Aschfari schreckte zurück und ließ das Kabel sofort wieder fallen. „Vielleicht geht es ja noch." sagte Judith und griff zu dem Mikrofon, dann hielt sie es der Freundin hin.

Aschfari drückte einen seitlich angebrachten Knopf und begann „Hallo, hallo. Hier ist Aschfari. Ich bin auf dem Weg nach Waktawuk. Mit

meiner Freundin Judith mache ich mich zu Fuß
dorthin auf den Weg." als sie fertig war verlöschten die Lichter. „Ob das jemand gehört hat?"
fragte sie und Judith zuckte mit den Schultern,
dann warf sie das Gerät auf den Haufen. Sie gingen weiter zum Heck des Fluggerätes, wo der
Qualm herkam. Unmittelbar bevor sie das Heck
erreichten brach unter Judith der Boden ein. Sie
rutschte ab und hielt sich an einem in die Öffnung
ragenden Träger fest. Aschfari versuchte ihre
Hand zu ergreifen und sie wieder herauf zu sich
zu ziehen, Judith versuchte mit den Füßen an der
Wand halt zu bekommen und sich so wieder hoch
zu stemmen, doch sie rutschte immer weiter ab.

Aschfari beugte sich so weit wie möglich
nach vorn, doch auch sie kam ins Rutschen.
Schnell warf sie sich zurück auf den festen Boden
des Hanges. Dort sitzend schaute sie sich um, ob
sie etwas finden konnte, mit dem sie die Freundin
wieder auf den Boden zurückziehen konnte. Sie
zog an einem Kabel und warf es Judith zu, doch
es war einen halben Meter zu kurz und verfehlte
sie nur knapp.

Noch einmal versuchte es Aschfari, doch
beim Versuch das Kabel zu fassen rutschten Judiths Finger vom Träger ab. Sie fiel in eine Höhle

und setzte sich selbst in Flammen, damit sie etwas sehen konnte, doch der Fall war tief. Judith verlor das Bewusstsein und die Flamme erlosch. Tief unten im Berg schlug sie in der Dunkelheit auf dem Boden auf.

6. Kapitel

In der Tiefe des Berges

Die Frau schlug die Augen auf und sah eine kleine kreisrunde Öffnung weit über sich. Sie lag in der Dunkelheit und ihr ganzer Körper tat ihr weh. Mühsam stemmte sie ihren Oberkörper hoch und dachte an die Tiefe, in die sie gefallen war. Wie hatte sie das nur überleben können? Vielleicht hatte die Hitze ihrer Flamme ihren Sturz gebremst, so wie ein Heißluftballon. Es waren sicher dreißig Meter bis zum hellen Licht an der Decke der Höhle. In der Nacht war sie abgestürzt und nun war es offensichtlich schon Tag. Sie hatte also eine ganze Weile hier gelegen und Aschfari war sicher schon lange fort. Vermutlich würde sie denken, dass Judith tot sei, doch sie war immer noch am Leben.

Sie rieb sich die Rippen, die beim Atmen wehtaten. Vermutlich hatte sie sich eine davon beim Sturz geprellt, aber gebrochen war offenbar nichts. Sie tastete alles ab, aber alles schien in Ordnung zu sein. Die Frau kniete sich hin und ließ ihre Hand aufflammen. Die Höhle war riesig groß und sie konnte nur einen kleinen Teil davon einsehen. Schließlich stand sie auf und sah sich nach allen Richtungen um. Der Höhlenfußboden war leicht schräg geneigt.

Wohin sollte sie sich wenden? Bergab waren die Riesen, also ging sie aufwärts durch die Höhle. Sie musste vorsichtig gehen. Überall lagen große Steinbrocken, die von der Decke herunter gefallen waren. Sicher war das passiert, als das Flugzeug auf die Höhle gestürzt war. Judith hatte das Gefühl, nicht alleine in der Höhle zu sein. Immer wieder schaute sie sich um, aber sie sah nichts. Leicht hätte sich jemand in der Dunkelheit der Höhle verbergen können. Sie vertraute daher mehr ihren Ohren, aber außer ihren eigenen Schritten war kein Laut zu vernehmen.

Als sie an das Ende der Höhle kam hörte sie zuerst ein leises, schnaufendes Geräusch, dann sah sie ein gewaltiges Tier dort liegen, dass ihr den Weg versperrte. Sie blieb einige Meter davor stehen und sah nach links und rechts. Das Tier war vermutlich auch von den Trümmern der Höhlendecke getroffen worden, denn es blutete sehr stark aus vielen Wunden. Es sah aus wie eine große Eidechse, nur das sie sicher zwanzig Meter lang war. Judith trat heran, legte ihre Hände auf das Tier und sie spürte, wie schwer es atmete. Seine Haut war hart und schuppig und dennoch hatte sie den herabfallenden Steinen nicht stand-gehalten. Es lag in einer kleinen Vertiefung im Höhlenboden, die anscheinend sein Schlafplatz gewesen war. Ein großer Stalaktit hatte sich in die Seite gebohrt, als er auf das schlafende Tier gefallen war. Obwohl das Tier riesig war hatte die Frau keine Angst es zu berühren. Gerade eben noch hatte sie sich vor ihren eigenen Schatten und dem Geräusch ihrer Schritte gefürchtet, aber dieses Wesen hier zog sie magisch an.

Judith wendete den Kopf. Links sah sie den Kopf des Tieres und das gewaltige Maul, das nach ihr schnappte, aber zum Glück schon keine Kraft mehr hatte. Der Kopf fiel einen Meter vor ihr zu Boden und keuchte. Judith versuchte das Tier zu beruhigen, doch es lag schon im Sterben. Zu schwer waren die Verletzungen gewesen. Die Frau stand nun bis zum Knie in dem Blut des Tieres, doch sie hatte immer noch keine Angst vor dem Drachen. Sie erhielt die Kraft des Dra-chen und als sie ihre Hände auf den Kopf des Tieres legte, konnte sie die Stimme des verletzten Wesens hören „Hilf meinen Kindern." sagte es und schloss für immer seine Augen.

Judith schaute sich um, aber sie konnte nie-manden mehr in der Höhle sehen. Wo waren die

Kinder, die der Drache gemeint hatte? War das ihre Aufgabe? Das Tier musste ungefähr zu dem Zeitpunkt getroffen worden sein, als sie auf diese Welt gekommen war. Gab es da einen Zusammenhang? Für einen Moment stand sie unschlüssig da. Was sollte sie hier machen? Warten oder aufbrechen? Aber worauf warten? Schließlich kletterte sie über den Körper des Drachen und fand dahinter einen Gang im Felsen, den sie betrat.

Vorsichtig ging sie vorwärts. Der Gang war keine drei Meter hoch, an manchen Stellen nicht mal einen Meter breit und von Zeit zu Zeit fielen Brocken von der Decke auf den Boden vor Judith herunter. Sie zog den Kopf ein, als ob ihr das geholfen hätte, wenn sie einer der Brocken getroffen hätte. Sie setzte den gefährlichen Weg fort, der sich aufwärts durch den Berg schlängelte. Manchmal musste sie sich durch eine Engstelle zwängen, um dahinter den Weg fortzusetzen. Irgendetwas zog sie nach vorn und zurück hätte sie ja sowieso nicht gekonnt. Die leuchtende Hand immer vor sich her haltend, sah sie oft keine drei Meter weit, bevor der Gang wieder eine andere Wendung in dem Felsen nahm.

Sie musste wieder an den Tunnel damals in Schottland denken und ging nun besonders vorsichtig. Vielleicht war auch hier der Boden unsicher und eine Höhle wäre darunter. Langsam setzte sie Fuß vor Fuß und tastete immer erst den Boden ab, ob er ihr Gewicht auch trug, bevor sie richtig darauf trat. An einer Stelle gab der Boden plötzlich nach und ein Stein stürzte in die Tiefe. Die sich auftuende Öffnung war nur zwei Meter tief, aber es hätte sicher gereicht, dass sich Judith ernsthaft verletzt hätte.

Wieder mal hatte sie ihr Gefühl nicht umsonst gewarnt. Sie drückte sich an die Wand des Ganges und balancierte auf einem schmalen, stehen gebliebene Teil des Gangbodens hinüber. Es waren sicher keine zehn Zentimeter, die übrig geblieben waren, aber zum Springen war es zu weit und wer weiß, ob nicht der Boden dahinter bei ihrem Absprung nachgegeben hätte. Nach ein paar Minuten der Angst war sie auf der anderen Seite und setzte den Weg vorsichtig fort.

Sie wusste nicht wie lange sie schon im Berg war, als sie vor sich etwas Licht im Gang sah. Direkt an einem Abhang endete der Gang. Unter ihr waren sicher fünfhundert Meter steile Hänge bis zum Boden des Tals, in dem die Riesen lebten. Ein schmaler Weg auf einem Felsvorsprung führte aufwärts und war an einigen Stellen keinen halben Meter breit. Judith tastete sich an der Wand entlang nach oben. „Nur nicht nach unten schauen." murmelte sie die ganze Zeit vor sich hin.

7. Kapitel

Auf der Flucht

Mit baumelnden Beinen saß Judith auf einem Stein an der Kante des Berges und blinzelte in die Sonne. Sie war sicher Stundenlang durch diesen Berg, auf dem sie nun saß, geirrt und nun schaute sie in das Tal der Riesen hinunter. Ein paar Minuten wollte sie noch hier oben sitzen, um wieder zu Atem zu kommen und sich etwas von der Anstrengung auszuruhen. Von hier oben sah das Tal ganz romantisch und verschlafen aus. Nichts deutete auf den Schrecken hin, den die Frau dort am Vortage erlebt hatte. Auf der anderen Seite der Schlucht, sicher keine zwei Kilometer entfernt, hatte sie gestanden und dort herunter geschaut, nun war sie auf dieser anderen Seite und sah wieder herunter. Warm schien die Sonne auf ihren Körper, es war ziemlich kalt in dem Gangsystem des Berges gewesen.

Auf der Flanke des Berges konnte sie die Trümmer des Flugzeuges sehen, an denen sie in die Höhle gestürzt war. Den Eingang zu der Höhle konnte sie zwar nicht sehen, aber das riesige Heckteil sah sie, neben dem sie ja abgerutscht war. Alles sah so friedlich aus, der Berg, die kleinen Häuser mit den roten Dächern, selbst das Trümmerfeld mit den bunten Flugzeugteilen. Plötzlich zischte es hinter ihr und ein rotes, pfeilförmiges Fluggerät sauste etwa zwanzig Meter über ihr vorbei und dann in das Tal hinunter. Es blitzte ein paar Mal und dann explodierte ein Haus in dem Dorf. Vermutlich waren das ein paar der Leute von Aschfaris Volk, die den Tod ihrer Männer an den Riesen rächen wollten.

Immer weiter kreiste der Pfeil über dem Dorf, immer wieder blitzte es und im Dorf fanden Explosionen statt, bis ein, von unten geworfener, Stein das Flugzeug traf. Das Fluggerät trudelte und begann zu qualmen. Es drehte in die Richtung der Frau. Eine Rauchspur hinter sich herziehend prallte es etwa hundert Meter unter Judith gegen den Felsen, nicht weit von der Absturzstelle des anderen Flugzeuges. Es explodierte in einem gigantischen Feuerball. Judith drehte sich um, sprang von ihrem Stein herunter und wäre beinahe gestürzt. Sie lief ein paar Schritte zurück, warf sich auf den Boden und wartete das Beben ab. Von der Kante, auf der Judith gerade noch gesessen hatte, brachen ein paar Steine ab. Dunkler Qualm stieg zu ihr nach oben.

So schnell sie konnte stand sie auf und rannte von der Kante weg zum Hinterland. Was war hier nur auf diesem Planeten los und was war ihre Aufgabe hier? Sie dachte an den Drachen und die Bäume. Nun hatte sie schon zwei Aufgaben. Welche davon war für sie bestimmt? Oder waren es beide? Mit großen Schritten, gar nicht mehr an ihr verletztes Knie denkend, hetzte sie weiter über die Wiese, so als ob sie jemand jagen würde. Vor ihr war eine kleine Vertiefung im Boden und Judith ließ sich mitten aus dem Lauf einfach hinein fallen. Schwer atmend lag sie dort auf dem Rücken und schaute auf den wolkenlosen Himmel über ihr.

Judith beschloss die Nacht hier zu verbringen und erst am nächsten Tag weiter zu gehen. Die Vertiefung in der Wiese war keine zwei Meter tief und etwa zehn Meter lang. Mehr eine mit Gras bewachsenen Bodensenke und dennoch war sie erst mal vor irgendwelchen Blicken geschützt. Sie setzte sich auf und lehnte sich an die schräge Wand. Über ihr wurde es langsam dunkel und einer der beiden Monde stand fast senkrecht über ihr. Sie hätte bei seinem Licht Zeitung lesen kön-nen, wenn sie nur eine gehabt hätte. Langsam wurde sie müde, sie zog die Knie unter das zerris-sene Nachthemd und schlief dann endlich im Sit-zen ein.

Im Traum erschien ihr wieder der Drache. Judith versuchte zu erfahren, warum sie hier war, aber der Drache wiederholte nur seine Bitte. War das ihre Aufgabe? Der Drache nickte und verschwand in einer Wolke aus Nebel oder Rauch. Sie erwachte wieder fröstelnd. Schließlich hatte sie nur ihr Nachthemd an, das aber schon ziemlich verschmutzt und zerrissen war. Wieder umschlang sie ihre Knie, die während des Schlafens zur Seite gerutscht waren, und ließ ihre Hände entflammen. Es wurde wieder warm.

Judith dachte nach, warum ihr diese Gabe nicht in ihrer Welt gegeben war, sondern nur hier oder damals in Schottland auf ihrer letzten Reise. Vielleicht sollte ihr das helfen die Aufgabe zu lösen. Zumindest hatte sie ihr bei den Riesen das Leben gerettet. „Was wohl Aschfari gemacht hat und ist sie zu ihrem Volk zurückgekehrt? Sicher hatte sie es geschafft, sie kennt sich ja hier gut aus und war schon ziemlich weit oben am Berg gewesen." dachte Judith.

Die Frau sah zu dem zweiten Mond hinauf, der gerade aufging, während der andere schon fast unterging. Wo war sie hier und wie sollte sie jemals wieder nach Hause, auf die Erde und zu ihrem Ehemann, zurückkommen? Sie wusste viel zu wenig über diesen Planeten und seine Bewohner. Wo sollte sie die Kinder des Drachen finden? Auch in einer Höhle? Vermutlich schon. In den Sagen auf der Erde lebten Drachen immer in Höhlen. Hier gab es aber sicher sehr viele davon und wo sollte sie da suchen? Da brauchte sie eine Hilfe, die ihr bei dieser Suche Gesellschaft leisten konnte. Vielleicht konnte ihr Aschfari helfen, doch wo sollte sie nun wieder die Frau suchen?

Judith fiel die Burg wieder ein, von der Aschfari geredet hatte. Sie stand auf und stieg die kleine Anhöhe hinauf auf die freie Fläche der Wiese. Die Sonne ging gerade auf und im Schein der ersten Strahlen sah sie einen Felsen, auf dem sie etwas sah, dass wie ein Turm aussah. Es schien nicht sonderlich weit bis dahin zu sein und sie traute sich den Weg zu. Die Richtung war die, aus der das Fluggerät am Vortag gekommen war, da war sie sich sicher. Davor breitete sich eine lange Ebene aus, zu beiden Seiten von kleinen, felsigen Hügeln gesäumt.

Die Burg schien sehr groß zu sein und vielleicht war die Freundin dort. Sie ging sofort los und schon nach ein paar Schritten krampfte sich ihr Magen zusammen. Die Knie knickten ihr ein und sie sank nach vorn. Vor lauter Hunger wurde

ihr schwarz vor Augen und sie fiel einfach um.
Judith landete im weichen lila Gras.

8. Kapitel

Im Schutz der Zwerge

Obwohl Judith die Augen offen hatte konnte sie nichts sehen. Kein Mond stand über ihr, es war stockdunkel. Sie spürte, dass sie auf etwas Weichem lag. Eine Decke oder Matratze. Genau konnte sie es nicht sagen. Sie streckte ihren Arm nach oben und stieß mit den Fingerspitzen gegen etwas Hartes. Das hier war ein Raum, und die Decke des Raumes war ziemlich niedrig. Wenn sie sich aufgesetzt hätte, dann hätte sie sich den Kopf an der Decke gestoßen. Von der Seite war jetzt ein leichter silberner Schimmer zu sehen, der näher kam.

Nach einer ganzen Weile stand ein kleines graues Wesen mit einen sehr großen Kopf und großen dunklen Augen neben Judith. Das Wesen trug eine silbern scheinende Lampe in der Hand und war sicher keinen Meter groß. Es nickte der Frau zu und legte seine Hand auf Judiths Arm. Die Frau konnte das Wesen verstehen, ohne dass dieses etwas sagte. „Willkommen bei uns." hörte Judith, aber der Mund des Wesens hatte sich nicht bewegt.

„Ich danke dir. Wo bin ich?" fragte Judith. Das Wesen nahm die Hand von Judiths Arm und es war Stille. „Hörst du mich? Kannst du mich verstehen?" fragte Judith und das Wesen nickte, doch es antwortete nicht. Judith nahm die Hand des Wesens und hörte die Stimme wieder. „Du bist in unserer Höhle tief im Berg." Judith ließ die Hand los und wieder war Stille. „Was ist das?" fragte sie erschrocken.

Diesmal ergriff das Wesen ihre Hand und Judith hörte „Das ist die Kraft des Drachen. Du hast in seinem Blut gestanden." dabei zeigte das Wesen mit der anderen Hand, in der es die Lampe hielt, auf Judiths Beine, an denen noch Reste des Drachenblutes klebten. „Die Gabe des Drachen war, dass du die Gedanken aller Wesen verstehen kannst, wenn du sie berührst. Komm bitte mit." Das Wesen ließ Judith los und drehte sich zum Ausgang. Vorsichtig setzte sich Judith auf. Die Höhle war nicht mal anderthalb Meter hoch, das Bett, auf dem sie gelegen hatte, war etwa einen halben Meter hoch gewesen, das merkte sie, als sie die Beine auf den Boden daneben absetzte.

Vorsichtig stand sie auf. Gebückt und mit knurrenden Magen folgte sie dem Wesen einen langen Gang entlang, bis sie in eine größere Höhle kamen. Dort standen ein kleiner Tisch und eine Bank. Judith setzte sich auf den Boden und das Wesen brachte ein Brot, oder etwas, das wie ein Brot aussah. Judith verschlang das Gebäck in wenigen Augenblicken, so dass das Wesen noch zwei Mal Nachschub holen musste, dann brachte es einen kleinen Krug mit Wasser und auch den musste es drei Mal füllen, bevor Judiths Durst gestillt war.

In den Raum waren in der Zeit, in der Judith sich gestärkt hatte, weitere der Wesen gekommen. Einige trugen graue Fellumhänge, aber die meisten waren nackt. Judith konnte aber nicht unterscheiden wer Mann und wer Frau war. Immer mehr Wesen kamen und es fiel kein Laut. Offensichtlich verständigten sie sich in einer Sprache, oder einer Frequenz, die Judith nicht verstehen konnte. Sie legte die Hand auf das Wesen, das sie in diese Höhle geführt hatte und sagte „Ich bin Judith, ich komme von einem fernen Planeten." Die Wesen nickten ihr zu. Sie hörte die Begrüßung der anderen durch die Gedanken des Wesens. Fünfzig Stimmen rauschten gleichzeitig durch ihren Kopf und sie zog erschrocken schnell die Hand wieder weg.

„Nicht alle durcheinander." rief Judith, wartete einen Moment und legte dann die Hand wieder
auf den Arm des Wesens neben sich. Kurzzeitig
war Stille, dann hörte sie eines der Wesen sagen
„Der Abgesandte des Drachen steht unter unserem Schutz." Judith nickte und stand auf, sie war
ja fast doppelt so groß wie die Wesen und diese
blickten nun zu ihr auf. „Wer ist der Abgesandte?
Wo kann ich ihn treffen?" fragte Judith und die
ersten Wesen knieten sich vor ihr hin. Nun ahnte
sie, dass sie durch die Aufgabe des Drachen auch
seine Abgesandte geworden war.

„Könnt ihr mir etwas zu eurem Leben erzählen?" fragte Judith und eines der Wesen nahm
ihre Hand. Gemeinsam gingen sie durch niedrige
Gänge und Judith bekam alles gezeigt und erklärt.
Sie sah die Wohn- und Schlafräume, in denen
einige der Wesen sich gerade aufhielten. Sie sahen den Höhlen ähnlich, die Judith schon gesehen
hatte. Kleine Tische, kleine Bänke und kleine
Betten. Sie kam sich vor wie im Land der Zwerge. Aber hier unten in der Enge und Dunkelheit
des Berges hatten sich diese Wesen so eingerichtet, wie es ihnen möglich gewesen war. Anscheinend hatte diese unterirdische Lebensweise auch
zu ihrem Körperbau und Aussehen geführt. Die
großen dunklen Augen konnten sicher das wenige
Licht besser aufnehmen.

Nach den Wohnhöhlen betraten sie einen weiteren Gang. Dort ging es steil nach unten und Judith musste aufpassen nicht zu rutschen. Nach einer ganzen Weile, sicher tief im Berg, sah sie nun wieder fast waagerechte Gänge, in denen einiger der Wesen mit Werkzeug die Wände bearbeiteten. Das waren offensichtlich die Bergwerksstollen, in denen ein silbernes Mineral abgebaut wurde, das auch die Lampen der Wesen zum Leuchten brachte. Die Wände der Wohnräume waren ganz glatt gehauen, in den Bergwerksstollen sah sie deutliche Bearbeitungsspuren. Sie strich mit der Hand über die rauen Gangwände.

Nach einiger Zeit und vielen verwirrend angelegten Gängen waren sie wieder in dem Raum angekommen, in dem nun schon einige hundert der Wesen warteten. Es war fast kein Platz mehr für Judith, anscheinend waren es alle Wesen die hier lebten. Durch die vielen mitgebrachten Lampen war es nun fast Taghell in der Höhle. Die kleinen Wesen begrüßten alle nacheinander Judith, das dauerte auch noch mal sicher eine Stunde. Dann verschwanden langsam alle bis auf zehn Wesen.

Sie trugen jeder eine Schärpe und waren vermutlich die Anführer der Wesen. Einige waren schon alt und trugen lange graue Bärte, was an den sonst haarlosen Wesen eher seltsam aussah. Sie stellten eine Lampe auf den Tisch und setzten sich auf die Bank. Judith setzte sich ihnen gegenüber auf den Boden und streckte die Füße unter dem Tisch durch. Eines der Wesen stellte sich neben Judith und sie ergriff die Hand des Wesens.

„Ich bin Adefara und werde für dich die Verbindung herstellen." sagte eine frauliche Stimme zu Judith und diese nickte dankbar.

9. Kapitel

Gut oder böse?

Eine ganze Weile hatten sie schweigend gegenüber gesessen und das, wo Judith doch so viele Fragen hatte. Nur welche zuerst? Schließlich fing sie beim Drachen an und eines der Wesen antwortete „Immer wenn ein Drache stirbt kommt eine Feuerbringerin, die den Nachfolger des Drachens findet und hilft." Nun wusste Judith was der Drache gemeint hatte.

War das aber ihre ganze Aufgabe? Nun, da die erste Frage schon beantwortet war, fragte sie einfach weiter und jetzt sprudelten ihre Fragen nur so aus ihr heraus. Zu den Riesen, dem Fluggerät und den Bäumen. „Die Riesen arbeiten für die Moki, sie helfen ihnen und werden dafür eher schlecht bezahlt." antwortete eines der Wesen „Wer sind die Moki?" war Judith nächste Frage und eines der Wesen erklärte „Sie sehen aus wie du." „Bis auf die Ohren." setzte Judith hinzu und das Nicken der Wesen gab ihrer Vermutung Recht.

„Warum greifen die Moki dann die Riesen an?" fragte Judith und beschrieb den Angriff auf das Dorf der Riesen. „Die Moki sind gierig. Ihnen soll alles gehören und möglichst umsonst. Nicht nur die Riesen, wir mögen sie auch nicht." sagte eines der Wesen und schlug mit der Hand auf den Tisch. Die anderen nickten nur dazu.

Judith hatte das Gefühl, als dreht sich gerade ihr Weltbild vor ihren Augen um. Aschfari und das Volk der Moki waren anscheinend die Bösen, die Riesen aber, die Judith fast getötet hätten, waren hier die Guten. Sie schüttelte den Kopf um das Bild wieder klar zu bekommen. Da musste man doch was machen können! Vielleicht konnte sie mit Aschfari mal über alles reden, die hatte ja einen ganz vernünftigen Eindruck gemacht. Oder sollte sie sich so vom Aussehen der Freundin, für die hielt sie Aschfari immer noch, getäuscht haben? Hatte sie das ähnliche Aussehen der Moki so hinters Licht geführt? Eigentlich konnte sie sich immer auf ihre Menschenkenntnis verlassen, doch hier waren es eben gerade keine Menschen, sondern Moki.

„Und was ist mit den Bäumen?" fragte sie, als sie wieder an ihr Versprechen den Bäumen gegenüber dachte. „Immer bei Vollmond verschwinden ein oder zwei der Bäume." sagte eines der Wesen. „Vor kurzem war noch die ganze Steppe vor unserem Höhleneingang, da wo wir dich gefunden haben, voller Bäume und nun sind es nur noch ein paar hundert." „So schnell geht das?" fragte Judith erschrocken und eines der Wesen nickte. „Wir haben aller drei Tage Vollmond." sagte eines der Wesen. Judith nickte verstehend. „Seit wann ist das so? Schon immer?" fragte die Frau weiter und Adefara, die immer noch neben ihr stand, erklärte „Bäume verschwinden schon immer, aber so viele verschwinden erst seit etwa fünf Jahren." Dann legte sie eine kurze Pause ein und dachte nach.

„Heute ist wieder Vollmond. Wollen wir mal schauen?" fragte Adefara nach einer Weile der Stille und Judith stemmte sich in der Höhle hoch. Das lange unbequeme Sitzen hatte ihre Beine steif werden lassen. Die Frau musste sich erst mal kurz in der Höhle strecken, dann gingen sie zusammen, einem Gang folgend, nach oben, bis sie einen Höhleneingang erreicht hatten, von dem sie auf die Ebene herunter schauen konnten. Judith drehte sich um und sah auch den Turm der Burg, auf die sie ja am Tag zugelaufen war. Plötzlich sah sie dort einen Blitz und einer der Bäume wurde von einem seltsamen Leuchten erfasst, dann löste er sich in einem silbernen Nebel auf.

Nur Augenblicke später war er verschwunden. Wieder blitzte es auf der Burg und ein zweiter Baum verschwand auf dieselbe Art, wie der vorherige.

„Also haben auch damit die Moki zu tun!" sagte Judith verbittert. „Wo finde ich den nächsten Drachen? Könnt ihr mit helfen?" fragte Judith, als sie sich wieder an ihre Aufgabe erinnerte, und eines der Wesen sagte „Wir werden ihn für dich suchen." „Ich muss zu den Moki und das Ganze hier beenden." sagte Judith, dabei zeigte sie auf die Bäume unter sich. „Bleibe noch bis zum Sonnenaufgang." erwiderte eines der Wesen und Judith nickte. Zusammen, so wie sie herauf gekommen waren, gingen sie auch wieder in die Höhle zurück.

„Wie kann ich euch finden, wenn ihr den nächsten Drachen gefunden habt? Oder wie könnt ihr mir ein Zeichen geben, wenn ihr ihn habt?" fragte die Frau die kleinen Wesen, als sie wieder am Tisch saß. Schweigend überlegten sie. „Komme in drei Tagen wieder zu dem Eingang zur Höhle zurück, wo wir vorhin gestanden haben. Wir werden dich dort erwarten, wenn die Sonne ihren höchsten Stand erreicht hat." sagte eines der Wesen und auch dieses Mal nickte Judith nur. „Es ist Zeit." sagte Adefara nach einer ganzen Weile. Woher sie wusste, wann die Sonne aufging verstand Judith nicht. Sie hatte nirgendwo eine Uhr gesehen und in der Höhle war es ja sowieso immer Dunkel.

Vielleicht hatten sie auch ein ganz spezielles Zeitgefühl. Judith ging, nun nur von Adefara begleitet, wieder den Gang hinauf und genau zu dem Zeitpunkt, als sie ins Freie trat, schickte die Sonne ihre ersten Strahlen über die Bergkuppen auf die Ebene herunter. Die Frau verabschiedete sich von dem Wesen und machte sich sogleich schnell auf den Weg zur Burg, die sie in der Nacht ja noch gesehen hatte, und die nun unübersehbar auf dem Felsen vor ihr am Horizont thronte.

Der Weg durch die Ebene war länger als sie gedacht hatte. Sie war schon eine ganze Weile gegangen und der Berg, mit der Burg darauf, schien sich kaum vergrößert zu haben. Vielleicht hätte sie fragen sollen, wie weit es bis dahin war, doch dafür war es nun zu spät. Umkehren wollte die Frau auch nicht, dafür war sie schon viel zu weit gegangen. Schritt für Schritt bewegte sie ihre nackten Füße über die Wiese. Zum Glück gab es hier keine Dornen oder Steine, nur weiches lila

Gras, das sich wie Samt unter ihren Fußsohlen anfühlte. Ihr Knie tat ihr auch nicht mehr so sehr weh.

Als der Tag sich langsam dem Ende zu neigte war Judith unten am Berg angelangt. Ein breiter Weg führte nach oben, aber er war mit Steinen gepflastert und die waren nicht überall abgerundet. Scharfe Kanten standen von Zeit zu Zeit vor und Judith musste öfters Pausen machen, um ihre Füße zu schonen. Erst weit nach der Dämmerung kam sie oben an und, da das Tor schon verschlossen war, legte sie sich neben dem Tor ins Gras. Die Anstrengungen des Weges hatten sie so geschafft, dass sie fast sofort einschlief.

10. Kapitel

Vertraute Klänge

Die ersten Strahlen der Sonne und das Knarren des Tores, das keine fünf Meter von ihrem Schlafplatz entfernt war, weckten Judith. Sie setzte sich auf und streckte sich erst mal ausgiebig. Ein paar Soldaten in blauen Uniformen traten vor das Tor und sie bemerkten Judith, die neben dem Tor noch immer im Gras saß. Sie stand auf und ging zu den Männern hinüber. Im zerrissenen Nachthemd stand sie direkt vor ihnen. Was sollte sie sagen? Sie schaute an sich herunter und zuckte mit den Schultern.

„Was soll es. Ich werde einfach fragen. Vielleicht kennt ja einer der Soldaten meine Freundin." dachte sie „Ich möchte zu einer Frau mit Namen Aschfari. Ist sie hier? Oder wisst ihr wo ich sie finden kann?" fragte sie und in die Soldaten kam Bewegung. Einer lief aufgeregt in die Burg hinein und ein paar Minuten später kam er mit einer jungen Frau, die ein kurzes blaues Kleid trug, das auch fast nach einer Uniform aussah, zurück. „Du bist Judith?" fragte die Frau und Judith nickte. „Ich bin Sewara und bringe dich zu Aschfari." zusammen gingen sie durch das Tor in die Burg hinein. Sewara hatte lange schwarze Haare, die sie zu einem Zopf zusammengebunden hatte.

Die Burg war größer als sie von außen aussah. Die Außenmauern, die sie ja schon von der anderen Seite aus gesehen hatte, waren sicher dreißig Meter hoch und fast genauso hoch waren die Häuser im Inneren der Burg. Viele bunt gekleideten Menschen kreuzten ihren Weg. Es ging einige breite Straßen entlang immer weiter durch die Stadt, die von der Burg und der Mauer beschützt wurde. Judith hatte das Gefühl, dass der Weg immer im Kreis um die Bergspitze herum führte.

Endlich standen sie vor einem größeren, einzeln stehenden Haus. Sewara öffnete die Tür und ließ Judith hinein. Sie standen vor einer breiten Treppe, die in einem geschwungenen Bogen nach oben führte. Die beiden Frauen stiegen die Treppe hinauf. Von oben hörte Judith leise Musik. Sie konnte es noch nicht einordnen, aber die Melodie kam ihr bekannt vor. Überall waren schöne Gemälde an den Wänden und kostbare Teppiche auf dem Fußboden, auf die zu treten Judith sich fast nicht traute. Ein paar Türen und Gänge später stand Sewara vor einen großen Tor. Sie klopfte und trat dann ein.

Sewara machte einen Knicks und sagte „Hoheit, hier ist Judith." dann verschwand sie wieder. Aschfari saß an einem offenen Fenster, an der Seite eines großen und prächtig ausgestatteten Raumes, auf einem Stuhl vor einem Spiegel und kämmte sich ihre Haare. Sie blickte sich um, stand auf und kam schnell auf Judith zu. Die beiden Freundinnen umarmten sich. „Ich habe gedacht, du bist bei deinem Sturz ums Leben gekommen." sagte Aschfari. „Zum Glück nicht." antwortete Judith.

Zusammen setzten sie sich an den Tisch, der in der Mitte des Raumes stand. Judith schaute sich um, durch die offene Tür konnte sie auf das Bett der Freundin schauen, das im Nebenzimmer zu sehen war. Ein Himmelbett wie aus dem Märchen war das, mit einem Baldachin darüber. „So eines hätte ich auch gern zuhause." dachte sich Judith. Wenn sie jemals wieder zu Andreas auf die Erde zurückkommen würde, so würde sie mit ihm darüber reden. Sie wurde ein wenig traurig, da sie ja nicht wissen konnte, wie sie dahin zurückkommen konnte.

Wieder hörte sie eine leise Musik und sie wiegte den Kopf hin und her. Aschfari fragte sie nach ihrem Weg, aber in Anbetracht dessen, was die Moki den anderen Völkern antaten, verschwieg sie erst mal Adefara und ihr Volk sondern erzählte nur von der Höhle und dem sterbenden Drachen. Den Auftrag des Drachen verschwieg sie aber ebenfalls.

Aschfari stand auf und holte ein kleines Bild von einem Tisch und zeigte es der Freundin. „War das der Drache?" fragte sie und Judith nickte. Sie strich über das Bild und nahm noch einmal Abschied und Aschfari schien es genauso zu gehen. Erst jetzt bemerkte die Freundin, dass Judith noch das gleiche Nachthemd wie im Dorf der Riesen anhatte und dass sie ja vor dem Tor auf der Wiese geschlafen haben musste.

„Möchtest du ein Bad nehmen?" fragte Aschfari und Judith nickte. „Sewara." rief die Freundin und nachdem die Frau eingetreten war sagte sie zu Sewara „Bereite ein Bad für unseren Gast." die Frau verschwand und erschien wenig später wieder, um Judith abzuholen. Sie gingen einen Gang entlang und dann in ein schönes Badezimmer, das fast wie in einem Luxushotel auf der Erde aussah. Eine Wanne mit Schaum auf dem Wasser stand mitten im Zimmer. Judith zog das Nachthemd aus und sprang in die Wanne hinein. Das Wasser war schön warm und schwappte über

den Rand, als sich Judith in die Wanne setzte.
Eine duftende Seife lag griffbereit auf dem Wannenrand.

Nach einer ganzen Weile kam Sewara mit einem Handtuch zurück und half Judith aus der Wanne heraus. Sie trocknete sich ab und dann zog sie ein neues Kleid an, das eine andere Frau ins Bad brachte. „Hast du Hunger?“ fragte Sewara und wieder konnte Judith nur nicken. Zusammen gingen sie in ein Nachbarzimmer, wo auf einem großen Tisch Obst, Gemüse, Brot und Käse stand. Judith setzte sich und begann das fremde Obst zu essen. Es schmeckte alles sehr gut. Nachdem sie satt war stand sie auf und wieder hörte sie die Musik.

Diesmal hörte sie Frank Sinatra. Judith stutzte. „Was ist das?“ fragte sie. „Das empfangen wir seit einem Jahr.“ sagte Sewara. „Keiner weiß woher es kommt.“ „Das kommt von der Erde!“ sagte Judith „Da bin ich wieder in der Vergangenheit gelandet.“ dachte Judith und stutzte wieder. „Nein, wenn die Sendung mit Lichtgeschwindigkeit ausgestrahlt wurde, dann ist dieser Planet etwa fünfzig Lichtjahre von der Erde entfernt.“ sagte Judith laut.

„Das kommt von deinem Planeten?" fragte Aschfari, die gerade in das Zimmer gekommen war. Sewara machte wieder einen Knicks und verschwand. „Ja." sagte Judith „Warum hat sie vorhin Hoheit zu dir gesagt?" „Gestatten Prinzessin Aschfari." sagte die Freundin lachend und deutete einen Knicks an. „Aha." sagte Judith und dachte sich „Fein, die richtige Person der Moki für meinen Plan." sie sagte mit einem Augenzwinkern „Soll ich dich auch Hoheit nennen?" doch Aschfari schüttelte den Kopf und umarmte die Freundin.

11. Kapitel

Das Geheimnis der Bäume

Judith stützte den Kopf in die Hände und dachte „Wer ist wohl der Herrscher der Moki?" dabei sah sie zu ihrer Freundin hinüber, die auf der anderen Seite des Zimmers am Fenster stand. War sie für all die schlimmen Sachen und Taten mit verantwortlich? Eigentlich konnte sie sich das gar nicht vorstellen. Sie hatte das Gefühl, dass hier irgendetwas nicht stimmte.

„Regierst du eigentlich dein Volk?" fragte sie schließlich, aber Aschfari schüttelte den Kopf. „Seit meine Eltern vor zehn Jahren bei einem Unfall ums Leben gekommen sind regiert Premierminister Mokari. Erst wenn ich volljährig werde, kann ich die Regentschaft übernehmen." Judith schaute auf „Und wann wäre das?" fragte sie „In einer Woche ist es so weit." entgegnete Aschfari.

Judith kam ein schrecklicher Verdacht. „Sage mal, dein Absturz. Was war da eigentlich los?" „Das Triebwerk ist plötzlich ausgefallen. Warum fragst du?" fragte Aschfari neugierig. „Nur so ein

Gedanke von mir. Wenn du dabei umgekommen wärst, wer hätte dann regiert?" „Meine Cousine Gredis, wenn sie volljährig geworden ist. Bis dahin weiter Mokari." erzählte Aschfari, nun deutlich nachdenklicher. „Aber Gredis geht mir momentan nur bis zum Knie." setzte sie hinzu.

„Aha!" war alles was Judith dazu sagte. Ihr war nun einiges klar geworden. „Kannst du mir ein bisschen was von deinem Volk zeigen? Wie lebt ihr? Was macht ihr?" fragte sie Aschfari und die nahm sie bei der Hand. Nun konnte Judith auch die Gedanken der Freundin hören, aber darin war nichts Falsches zu finden. Gemeinsam verließen sie das Haus und gingen Hand in Hand durch die von der Burg beschützte Stadt.

Zwar hatte Judith schon einen Teil davon gesehen, als sie am Vormittag vom Tor zum Haus gebrachte worden war, doch mit Aschfari besuchte sie nun die schönen Plätze, Parks und Straßen. Überall waren bunt gekleidete Leute. Wenn die Ohren nicht gewesen wären, hätte man denken können, es wäre eine ganz normale Stadt auf der Erde. Autos sah Judith keine, nur Lasttransporter, die leise brummend die Straße entlang fuhren, ohne Abgas und nicht sehr schnell. Vermutlich Elektroautos.

Judith fielen wieder die Bäume ein und sie zeigte auf den deutlich sichtbaren Turm, von dem das silberne Blitzen in der Nacht gekommen war. „Was ist da drin?" fragte sie. „Der gehört unserer Universität. Früher war er mal ein Wachturm, nun ist er ein großes Laboratorium. Oben drauf ist eine Sternwarte. Möchtest du ihn sehen?" fragte Aschfari und Judith nickte heftig. „Na dann los." sagte Aschfari „Ich bin die Schirmherrin der Universität." setzte sie lächelnd hinzu.

Es waren ein paar Straßen zu durchqueren, bevor sie vor dem Turm standen. Ein großes Gebäude mit vielen Fenstern stand direkt daneben. Junge Leute saßen davor in einem kleinen Park und Judith hatte wieder die Bilder ihrer eigenen Studienzeit vor den Augen. „Genau wie bei uns. Die Studenten sitzen im Park und machen Mittag." sagte sie zu Aschfari. Sie gingen auf ein kleines Haus neben dem Universitätsgebäude zu, hinter dem der Turm stand. Der Turm war viereckig und sicher fünfzig Meter breit. Noch nie hatte Judith so einen breiten Turm gesehen. Er war sicher auch mehr als hundertfünfzig Meter hoch und sie musste den Kopf ins Genick legen, um nach oben zu schauen. „Den haben sicher die Riesen gebaut." sagte sie und Aschfari bestätigte dies sofort.

Ein Pförtner trat aus dem kleinen Häuschen, begrüßte Aschfari und ließ die beiden Frauen dann ein. Ein junger Wissenschaftler, der in einem Labor unmittelbar hinter der Eingangstür gesessen hatte, begleitete sie und erklärte alles. Viele Räume waren mit seltsamen Apparaten ausgestattet. In einigen davon wurde geforscht, in anderen etwas ausprobiert, von dem Judith keine Ahnung hatte. Physik und Chemie waren nie ihre Stärke gewesen. Einmal hatte sie das Chemielabor ihrer Schule verwüstet, als ein Experiment schief gegangen war. Zum Glück war keiner verletzt worden, aber von da an hatte sie ihr Lehrer nie wieder an die vielen Reagenzgläser gelassen.

In jeder Etage des Turmes, und das waren ganz schön viele, gab es kleine Fenster, aus denen man nach außen schauen konnte, doch je höher sie kamen, desto weiter blieb Judith von den Fenstern weg. Es wurde immer höher und die vielen Treppen machten es auch nicht unbedingt angenehmer. Auf dem Dach des Turmes stand die von Aschfari beschriebene Sternwarte, aber natürlich sahen die Sternbilder, die an den Wänden hingen, hier anders aus. Die Sterne funkelten auf den Abbildungen so wie bei Judith zuhause und die meisten davon wären auch von der Erde aus sichtbar, nur die gewohnten Sternbilder sah sie nicht. In der Mitte stand ein großes Teleskop und

Judith strich mit den Fingern über das Metall des Gehäuses. Wehmütig dachte sie daran, dass sie damit in der Nacht vielleicht die heimatliche Sonne als kleinen Punkt im schwarz des Himmels sehen könnte. Die Erde war damit bestimmt nicht zu sehen.

In der Etage unter der Sternwarte war ein großer Raum verschlossen. Der Wissenschaftler holte einen Schlüssel und gab eine Zahlenkombination in einem elektronischen Schloss ein. Darauf waren aber keine Zahlen, wie Judith sie kannte, sondern seltsame Zeichen. Als die Tür sich öffnete sah Judith eine seltsame Maschine und fragte nach dem Nutzen. „Damit fangen wir Bäume ein." sagte der Wissenschaftler. Als er Judiths fragenden Blick sah, erklärte er die Maschine. „Jede Woche fangen wir damit einen Baum, hohlen ihn per Teleportation hier her und gewinnen daraus die Energie für unsere Stadt." dabei zeigte er auf ein Gefäß mit einem silbernen Material. „Aha, und die anderen drei Bäume? Was macht ihr damit?" fragte Judith und sah die fragenden Blicke der Beiden anderen. Sie erzählte von ihrer Beobachtung.

Der Mann schlug ein Buch auf „Gestern war hier niemand." er zeigte das Buch, aber Judith

70

konnte es nicht lesen. Doch Aschfari nickte. Judith legte wie zufällig ihre Hand auf den Arm des Mannes und hörte seinen Gedanken zu. Alles war in Ordnung, aber wer war dann hier gewesen? „Wer hat außer dir noch einen Schlüssel für den Raum?" fragte Judith „Professor Hartzaka und Minister Mokari. Aber der Professor hatte gestern Vorlesung und ich war dabei." sagte der Mann.

„Was stellt der Minister mit so viel Energie an?" fragte Judith und die beiden anderen schauten sich schulterzuckend an. „Las uns wieder nach Hause gehen." sagte Aschfari und verabschiedete sich von dem Wissenschaftler. Eine Stunde später saßen die beiden Frauen zum Abendessen wieder am Tisch und ließen es sich schmecken.

12. Kapitel

Willkommene Hilfe?

Nach dem Essen stützte Judith wieder ihren Kopf in die Hände. Das machte sie immer, wenn sie nachdachte und es fiel ihr selbst gar nicht mehr auf. Sie dachte „Kann ich dem Volke der Moki einen Vorwurf daraus machen, das sie Bäume zur Gewinnung von Brennmaterial nutzten? Machen das wir Menschen auf der Erde nicht auch so? Und nur die Tatsache, dass diese Bäume sich bewegen konnten, war kein Grund dieses Volk zu verdammen. Vielleicht gab es ja eine andere Lösung. Aber was macht Mokari mit all der Energie, die er abzweigte? Mehr als dreimal so viel Energie, wie er für die Stadt ließ, nahm er für sich selbst ab. Nur für was?" So wie sie ihn mittlerweile einschätzte, und das obwohl sie ihn noch nie persönlich getroffen hatte, war es sicher nichts Gutes.

Judith gähnte und stand auf. „Wollen wir tanzen gehen?" fragte Aschfari und Judith sah an sich herunter. „Ich danke dir für dieses Kleid, aber für das Tanzen ist es nicht geeignet." sagte sie schließlich entschuldigend. Aschfari öffnete ihren Schrank und sagte mit einem Lachen „Such dir was Schönes aus." Es dauerte eine ganze Weile bis die beiden Frauen zum Ausgehen fertig waren und schließlich aufbrechen konnten.

Judith staunte schon etwas, dass sich Aschfari so ganz ohne Leibwächter traute, so kurz vor der Krönung auszugehen, und das auch noch, wo doch Mokari offensichtlich irgendwie darauf aus war, ihr zu Schaden. Oder hatte sie das nicht richtig erkannt? Nach einem kurzen Weg landeten sie in einem kleinen Club, so wie sie diese auch schon von der Erde kannte. Hier wurde eine ihr unbekannte Musik zum Tanzen gespielt. Es war laut und bunte Lichter zuckten überall um sie herum. An einem Nachbartisch hörte Judith, wie sich dort abfällig über die anderen Völker unterhalten wurde, und auch das kam ihr von der Erde bekannt vor. Viele junge Moki waren dort und nun auch ein Mensch, der aber nicht weiter auffiel. Judith und Aschfari hatten viel Spaß in dem Club und sie tanzten bis zum Morgen.

Als die Sonne aufging schloss der Club und die beiden Frauen traten in die Kühle des Morgens. Die Dämmerung zeichnete den Himmel in einer seltsamen Farbe. Im Schein der ersten Strahlen des neuen Tages, die ihren Heimweg beleuchteten, dachte Judith an ihr Treffen mit

Adefara. „Hast du ein Fluggerät, mit dem wir heute Mittag einen kleinen Ausflug machen können?" fragte Judith und die Freundin nickte. „Nimm doch deinen Wissenschaftler mit." sagte Judith und bemerkte, wie Aschfari rot im Gesicht wurde. Die verstohlenen Blicke der Freundin waren ihr im Labor nicht entgangen.

Aschfari hatte Sewara nach dem Wissenschaftler geschickt, der schon wenig später eintraf. Eine Prinzessin ließ man eben nicht warten. Zusammen setzten sie sich an den Frühstückstisch, den Sewara gerade gedeckt hatte. Es gab ein Getränk, das wie eine Mischung aus Kaffee und Kakao schmeckte. „Das ist ganz schön gewöhnungsbedürftig." sagte Judith nach dem ersten Schluck und nahm danach lieber einen Saft, der zwar auch eine seltsame Farbe hatte, aber wie Orangensaft schmeckte. Der war ganz gut, wenn man grünen Orangensaft mag zumindest.

Als das Essen abgeräumt war stand Judith auf. „Wohin geht es denn?" fragte Aschfari. „Das sage ich euch, wenn wir da sind." antwortete Judith und ging sich umziehen. Wenig später stand sie mit Aschfari und Gerfar, dem jungen Wissenschaftler, unten im Hof des Hauses. Ein seltsames Fluggerät stand dort, das am ehesten wie eine

Kombination aus riesiger Mücke und Hubschrauber aussah. Durch mehrere seitliche Türen stiegen sie ein. Aschfari setzte sich nach vorn an den Steuerknüppel und Judith daneben.

„Sitz ihr gut?" fragte Aschfari die anderen und hob steil ab, bevor sie antworten konnten. „Wohin?" fragte sie und Judith zeigte in die Richtung in der Adefaras Höhle lag. Mit einem summen flog Aschfari in einer großen Kurve ihrem Ziel entgegen. „Ich hoffe das Triebwerk hält durch." versuchte Judith einen Scherz zu machen, als aber im nächsten Moment der Motor stotterte war sie kreidebleich, doch Aschfari war eine erfahrene Pilotin und fing das Fluggerät geschickt ab. Sie setzten nur etwa hundert Meter vor der Höhle auf der Wiese auf.

Judith ging voraus zur Höhle und die beiden anderen folgten in einem kleinen Abstand, Händchen haltend, nach. Vor der Höhle setzten sie sich ins Gras und warteten. „Was machen wir hier? Die schöne Aussicht genießen?" fragte Aschfari „Warte es einfach ab." gab ihr Judith zurück und ließ sich die Sonne ins Gesicht scheinen. Als diese am höchsten Stand kam Adefara zum Eingang heraus. Sie und auch Aschfari zuckten beim Anblick der jeweils anderen zusammen. Judith nahm beide an die Hand und stellte sie einander vor. Schließlich bat Adefara alle in die Höhle hinein. Sie vertraute Judith offensichtlich.

In der großen Höhle am Tisch angekommen setzten sich alle vier hin. Judith übersetzte für Aschfari, die ja Adefara nicht hören konnte. Sie zog eine der Lampen zu sich und zeigte sie Gerfar, der sie analysierte und sagte „Ja, das ist das Mineral, das wir aus den Bäumen gewinnen." „Die Bäume holen es sicher aus dem Boden und reichern es in ihrem Stamm an. Wenn ihr das Mineral von Adefara und dem Volke der Dwari bekommt, dann könntet ihr die Bäume leben lassen." sagte Judith.

Für ein paar Minuten war Ruhe im Raum. Adefara dachte noch nicht mal etwas, oder schirmte ihre Gedanken vor Judith ab. Zu groß war die Kluft zwischen Dwari und Moki. „Als der König noch lebte, gab es Handel zwischen den Völkern. Das habe ich von meinem Geschichtsprofessor gehört." sagte Gerfar. „Warum soll das nicht wieder so werden?" fragte Judith die beiden Anführerinnen ihrer Völker. Die beiden Frauen sahen sich lange schweigend an und reichten sich schließlich die Hand. „Das ist doch schon mal ein Anfang." sagte Judith erleichtert.

76

Zu Aschfari gewandt sagte Judith „Ihr dürft das Mineral aber nicht an Mokari weiter geben. Ich habe noch nicht herausbekommen wofür er die Energie benutzen will. Habt ihr eine Ahnung darüber?" Der Wissenschaftler schüttelte den Kopf und auch Aschfari zuckte nur mit den Schultern. „Er ist bei uns für die Verteidigung zuständig. Vielleicht braucht er sie dafür. Ich werde mich mal erkundigen." sagte die Prinzessin schließlich und Judith gab zu bedenken „Aber sei vorsichtig. Wenn du ihn an einer Stelle triffst, die er nicht erwartet hat, so schlägt er vielleicht zurück. Er könnte dir etwas antuen! Denke an deinen Absturz."

13. Kapitel

Drachenlehrstunden

Im Laufe des Nachmittags kamen sich Adefara und Aschfari immer näher. Schließlich saßen sie neben Judith, die übersetzen musste. Nach einer Weile verließ Adefara kurz die Höhle und kam wenig später mit einem kleinen Kästchen zurück. Sie drückte es Aschfari in die Hand und Judith musste erklären wie es funktionierte. Es war ein automatischer Übersetzer und schon wenig später hörten sie die Stimme Adefaras aus dem Lautsprecher des Gerätes. „Es ist auch ein Übertragungsgerät über große Entfernungen." sagte Adefara und zeigte auf eine Gegenstelle, die in der Höhle auf einem kleinen Schränkchen stand.

Nun hatte Judith frei und die beiden anderen konnten sich direkt miteinander verständigen. Einige Dwari brachten Speisen und Getränke in den Raum, von denen sich alle anwesenden gern bedienten. Judith hörte die beiden Freundinnen schon bald scherzen und lachen. Offensichtlich hatten sie sich schon angefreundet und das ließ für beide Völker hoffen.

Am Abend übergab Adefara ein großes Gefäß mit dem Mineral an Aschfari, wofür sich diese bedankte. Dann nahm Adefara Judith zur Seite und ließ diese wissen „Wir haben den Drachen gefunden." Judith nickte dankbar und dann verließen alle den Gang. Am Fluggerät verabschiedete sich Judith von Gerfar und Aschfari „Ich habe noch eine Aufgabe." sagte sie „Kommst du zu meiner Krönung? In einer Woche, da oben auf der Spitze dieses Berges?" fragte die Prinzessin und zeigte auf den höchsten Berg am Horizont.

Judith nickte, umarmte die Freundin und ging zu Adefara zurück, die am Eingang zu ihrer Höhle stehen geblieben war. Zusammen sahen sie zu, wie das Fluggerät zur Stadt zurück schwebte. Danach gingen sie in die Wohnhöhle Adefaras zurück. „Wo kann ich den Drachen finden?" fragte Judith und Adefara antwortete „Morgen früh brechen wir auf. Es ist ein weiter Weg. Du musst dich ausruhen." sie brachte Judith in den Raum, in dem die Frau schon einmal geschlafen hatte. Schnell war Judith eingeschlafen. Die durchtanzte letzte Nacht forderte nun ihren Schlaf ein.

Im Traum sah sie den großen Drachen wieder vor sich liegen und auch diesmal versuchte er nach ihr zu schnappen, aber sie hatte keine Angst vor dem gigantischen Tier, dass ihr im Traum noch viel größer vorkam, als es ja sowieso schon gewesen war. Der Drache breitete seine Schwingen um Judith aus und trug sie hoch in die Luft. Sie flogen zu der Bergspitze, die ihr Aschfari gezeigt hatte und der Drache setzte sie dort ab. Ein Zischen kam den Berg hoch und Judith fuhr herum. Es wurde zu einem fast ohrenbetäubenden Donnern und der Drache verschwand vor ihr, er löste sich in einem Nebel auf.

Ein sehr lautes Geräusch ließ sie aus dem Schlaf schrecken. Gehörte das noch zum Traum, oder war es wirklich gewesen. Das Poltern kam noch einmal, sie setzte sich auf und hatte nicht daran gedacht, dass die Höhle so niedrig war. Ihre Haare streiften die Decke und wäre sie nur zwei Zentimeter größer gewesen, hätte sich Judith sicher den Kopf angestoßen. Vorsichtig stand sie auf und ging durch den halbdunklen Gang dem Licht entgegen. Wenig später war sie in der Höhle. Adefara hatte den Tisch gedeckt und dabei eine der Lampen umgestoßen.

Nach dem Frühstück brachen sie auf. Adefara ging voraus und Judith folgte ihr gebückt. Sie hätte zwar größere Schritte machen können doch diese verkrümmte Haltung blockierte sie, so dass die beiden Frauen gleich schnell vorwärts kamen. Der Gang kam ihr unendlich lang vor. Immer wieder gab es große Höhlen, Abzweigungen und Abbiegungen, durch die sich Adefara mit fast schlafwandlerischer Sicherheit bewegte. Nur selten stoppten sie, wenn mal ein Hindernis zu überqueren war.

Endlich kamen sie in einer großen Höhle an, an deren Eingang schon ein paar der Wesen warteten. „Wo ist der Drache?" fragte Judith und die Dwari gaben den Blick frei. Ein etwa drei Meter langer Drache lag im Halbdunkel der Höhle. Es war die Miniausgabe des Drachen, den Judith in der anderen Höhle hatte sterben sehen. Sie blieb fünf Meter vor dem Tier stehen und schaute in die blitzenden Augen des Drachen. Er hatte sein Maul weit aufgerissen und schnappte ein paar Mal nach Judith.

Unsicher stand sie da. Was sollte sie tun? Ging sie näher heran, biss das Tier sie sicher. Die Zähne waren lang und spitz, das Maul groß genug um Judith ernsthaft zu verletzen. Schließlich sprach sie das Tier einfach an. „Ich bin Judith und ich soll dich beschützen." der Drache schloss das Maul „Ich bin die Feuerbringerin." setzte sie noch schnell hinzu und das Tier legte seinen Kopf auf

den Boden. Mit ein paar schnellen Schritten ging
sie auf das Tier zu und legte ihre Hände auf den
Kopf des Tieres, während sie vor ihm kniete.

Wenn der Drache jetzt zugeschnappt hätte, so
hätte sie seinem Biss kaum entkommen können,
doch er blieb friedlich. Judith hörte die Gedanken
des Drachen. „Ich grüße dich, Feuerbringerin.
Mein Name ist Gerfikor, ich bin der letzte meiner
Art. Noch bin ich jung und weiß nicht alles.
Kannst du mir helfen, all das zu lernen, was ich
wissen muss?" fragte er und Judith sagte „Ja, so-
weit ich es kann. Das ist meine Aufgabe als Feuerbringerin." Der Drache nickte unmerklich und
Judith setzte sich vor ihn hin. Sie hatte sich wieder an den Traum erinnert und auch an den Auftrag des Drachen.

Gerfikor schob sich ein Stück näher an die
Frau heran und legte seinen Kopf in Judith
Schoß. Sie legte die Hände wieder auf seinen
Kopf und begann ihm alles zu erzählen was er
wissen wollte. Sie hatte selbst keine Ahnung,
woher sie dieses Wissen hatte. Es sprudelte einfach aus ihr heraus. „Du bist der Hüter der Ele-
mente. Die Erde, in der du deine Höhle hast, das
Wasser, durch das du schwimmst, die Luft, durch

die du fliegst, und das Feuer, das du speien kannst.“

„Ich kann kein Feuer speien.“ sagte der Drache und schaute sie fragend an. „Das bringe ich dir noch bei.“ setzte Judith fort, auch wenn sie noch nicht richtig wusste, wie das gehen sollte. „Du bist die Verbindung zwischen unbelebter und belebter Natur. Die Verbindung zwischen den Völkern. Die Verbindung zwischen allem was da ist.“ beendete Judith ihre Erklärung und Gerfikor nickte verstehend.

14. Kapitel

Übergabe des Feuers

Drei Tage hatte es gedauert, bis Gerfikor alles gelernt hatte, was Judith offenbar von dem anderen Drachen übernommen hatte. In dieser Zeit wurden die Beiden in der Höhle von den Dwari versorgt, so dass sie die Lehrstunden immer nur kurz unterbrechen mussten. Zum Schluss sah der Drache sie an und sagte „Nun brauche ich nur noch das Feuer." Judith nickte und stand auf.

Sie streifte ihr Kleid ab, gab es Adefara und bat die Dwari die Höhle zu verlassen. Danach stellte sie sich in die Mitte der Höhle. Judith ließ das Feuer in sich entflammen. Von ihrer Mitte heraus setzte sie sich komplett in Flammen. Sie streckte die Hände nach oben und ließ eine Flammenzunge nach oben schießen, dann verlöschte sie die Flammen wieder.

Nun versuchte es Gerfikor. Er brauchte ein paar Versuche, bis Judith den ersten Rauch sehen konnte. Immer mehr ermutigte sie den Drachen. Wenig später konnten sie zusammen das Feuer entfachen. Die gesamte Höhle stand in Flammen und die aus den Gängen nachströmende Luft führte zu einem Fauchen. „Genug." rief Judith und sie löschten beide ihre Flammen. „Du hast nun alles von mir gelernt." sagte Judith als sie das von Adefara gebrachte Kleid wieder anzog.

Der Drache nickte „Ich danke dir." sagte er und Judith strich ihm noch einmal über den Kopf. Dann verabschiedete sie sich von ihm und ging mit den Dwari wieder zurück zu dem Ausgang, der der Stadt der Moki am nächsten lag. Dort verabschiedete sie sich von Adefara und brach schließlich zu Fuß auf. Am Abend war sie wieder bei Aschfari zurück, die sie überschwänglich empfing. „Der Raum, von dem aus die Bäume geholt worden waren, ist verschlossen worden und die Maschinen sind deaktiviert." sagte sie begeistert. In den letzten Tagen war sie mit Adefara über das Gerät im Gespräch gewesen und nun sollten sie jede Woche das Mineral von den Dwari erhalten.

Und dieses Mineral der Dwari war viel ergiebiger als das der Bäume. Im Gegenzug für den Handel erhielten die Dwari Lebensmittel von den Moki. Die ersten Autos waren am Vortag aufgebrochen und von nun an würde es wieder Handel zwischen den Völkern geben, so wie früher.

„Jetzt sind es noch drei Tage." sagte Aschfari aufgeregt beim Abendessen und Judith wusste, was die Freundin damit meinte. „Wir müssen vorsichtig sein. Sonst schafft es Mokari noch deine Krönung zu verhindern. Wo ist der denn überhaupt?" fragte Judith „In einer anderen Stadt auf der anderen Seite des Planeten." entgegnete Aschfari „Sicher hat er hier irgendwo Handlanger. Wer führt denn die Krönung durch?" wollte Judith wissen. „Derfada, unsere religiöse Führerin, wird sie durchführen." erwiderte die Freundin.

„War früher nicht auch mal ein Drache anwesend?" fragte Judith und Aschfari dachte kurz nach. „Mein Vater hat mir mal gesagt, dass bei seiner und der Krönung seines Vaters ein Drache anwesend war. Du erinnerst dich an das Bild, dass ich dir gezeigt habe?" erklärte sie schließlich. „Vielleicht ist diesmal auch einer anwesend." sagte Judith geheimnisvoll. „Hilfst du mir bei den Vorbereitungen?" fragte Aschfari und Judith nickte ihr freundlich zu „Na klar. Das mache ich doch gern."

Am nächsten Morgen kamen die Schneiderinnen, um die Maße der neuen Königin abzunehmen, damit sie das Kleid für die Krönung schneidern konnten. Die beiden Freundinnen brauchten fast zwei Stunden, bis sie den richtigen Stoff dafür ausgewählt hatten. Schließlich war das richtige Material gewählt und nun sollte auf Bildern der passende Typ ausgesucht werden, was noch einmal zwei Stunden dauerte. In dieser Zeit standen die Arbeiterinnen in dem Raum und warteten, dass sie endlich beginnen konnten. Auch für Judith wurde ein Kleid abgemessen, das sie bei der Zeremonie tragen sollte. Gegen Abend waren die Kleider zur ersten Anprobe zusammen geheftet.

In der Nacht würden sie dann das Kleid fertig nähen müssen. Die beiden Freundinnen saßen noch lange in Aschfaris Zimmer, bis Judith sagte „Ich möchte mal zu der Sternwarte, vielleicht kann ich einen Blick auf die Erde werfen. Ist das möglich?" „Für eine Prinzessin ist alles möglich." sagte Aschfari mit einem Lachen und schon wenig später waren sie auf dem Weg zur Universität. Dort wurden sie schon von Gerfor erwartet, mit dem sie auch gleich nach oben zur Sternwarte stiegen.

Der Wissenschaftler öffnete die Kuppel und
Judith konnte nun viele Sterne über sich sehen.
Mit einem Summen schwenkte das Teleskop nach
oben. „In welcher Richtung sollen wir deinen
Planeten suchen?“ fragte Gerfor und Judith zuckte mit den Schultern. Verzweifelt schaute sie
Aschfari an. „Du hast doch gesagt, dass die Musik von deinem Planeten kommt.“ antwortete diese „Dann richten wir das Teleskop danach aus.“
setzte Aschfari fort „Das ist eine gute Idee.“ rief
Judith freudig und das Teleskop schwenkte herum. „Genau in der Mitte liegt nun deine Sonne.“
sagte der Wissenschaftler und trat vom Teleskop
zurück. Judith warf einen Blick in die Optik und
sah ein kleines gelbes Pünktchen direkt vor sich.

„Meine Sonne, schön dich wieder zu sehen.“
sagte sie und dachte dabei an Andreas, der dort
unten irgendwo war. Die Erde konnte sie nicht
sehen, die war viel zu klein. Aus dem Augenwinkel sah sie, wie die Prinzessin den Wissenschaftler küsste. „Du hast also deinen König schon gefunden.“ sagte Judith mit einem Lächeln, als sie
sich zu den Beiden umdrehte, und sah wie die
Freundin bis über beide Ohren rot wurde. „Wie
komme ich nun nur wieder heim.“ sagte Judith
mit einem Seufzen und Gerfor ließ das Teleskop
durch einen Knopfdruck wieder zurück schwen-

ken. Das Dach schloss sich schnell wieder über ihnen.

„Die Strahlen deiner Sonne haben fast fünfzig Jahre gebraucht bis hier her." sagte der Wissenschaftler, als er die Sternwarte wieder verschloss. „Wir haben zwar kleine Raumschiffe, mit denen wir zu unseren Monden und unserer Sonne fliegen können, aber bis zu deiner Sonne würde es ewig dauern. Da würdest du sicher nicht mehr Lebend hingelangen." setzte er hinzu. „Da wirst du wohl bei uns bleiben müssen." sagte Aschfari und sie sah darüber nicht traurig aus.

Wieder musste Judith an ihrem Mann denken. Das Licht, dass sie gerade gesehen hatte war zu einer Zeit von der Sonne abgestrahlt worden, als weder sie noch ihr Mann geboren waren. Traurig stieg Judith die Stufen des Turmes herunter. Hinter ihr gingen der Wissenschaftler und die Prinzessin Hand in Hand. Erst vor dem Turm ließen sie ihre Hände wieder los, noch sollte es keiner wissen, dass sie ein Paar waren.

15. Kapitel

Verbundene Gefühle

Judith wurde von einem Lärm geweckt, der offenbar von draußen kam und als Schwingung über den Boden bis in ihr Schlafzimmer drang. Der Boden zitterte und die Fensterscheiben klirrten. Sie sprang aus dem Bett und wäre auf dem Gang fast mit Aschfari zusammen gestoßen, die mit fliegenden Haaren aus ihrem Zimmer gestürzt kam. „Was ist los, was ist das für ein Krach?" fragte Judith verwirrt, doch die Freundin zuckte nur mit den Schultern. Gemeinsam liefen sie die Treppe hinunter.

Unten kam gerade Sewara durch die Tür von draußen herein gelaufen. „Die Riesen greifen an!" schrie sie in Panik, vollkommen außer Atem. Die beiden Freundinnen sahen sich an und bemerkten erst jetzt, dass sie noch die Nachthemden an hatten. Um ein Haar wären sie so auf die Straße gelaufen. Schnell liefen sie zurück in ihre Zimmer und waren schon wenig später wieder, diesmal angezogen, unten bei Sewara.

Zu dritt liefen sie die breite Straße entlang zum Stadttor, um von dort aus, über die Mauer hinweg, nach draußen zu schauen. Viele Soldaten liefen in dieselbe Richtung. Neben dem Tor führte eine Treppe nach oben auf die Mauerkrone. Ringsum wurden von den Soldaten Waffen in Stellung gebracht und viele Einwohner standen ebenfalls auf dem Weg hinter der Mauerkrone. Judith schaute nach unten und sah hunderte, wenn nicht gar tausende, von Riesen. Die ganze Ebene und der Bergweg wimmelte von ihnen. Sie waren mit Keulen bewaffnet und die Ersten von ihnen schlugen schon auf Mauer und Tor ein.

Plötzlich war Aschfari verschwunden. Judith sah sich nach allen Seiten um, doch in dem Gewimmel konnte sie die Freundin nicht mehr sehen. Keine zwanzig Meter unter ihr sah Judith die schreienden und wütenden Riesen. Sie drohten mit Fäusten zu ihnen hinauf und warfen Steine nach oben. Einige der Soldaten wurden von den Steinen getroffen und fielen von der Mauer. Ein paar Mal musste sich Judith sogar hinter der Mauer weg ducken. Ziemlich große Steine flogen herüber und zischten über ihren Kopf. Für die Riesen waren sie sicher nur kleine Kieselsteine, aber für Judith kamen sie so vor, als ob sie einen Meter im Durchmesser hatten. Genauer wollte sie da aber lieben nicht nachsehen.

Sewara wurde neben ihr von einem etwas kleineren Stein am Arm getroffen und schrie auf. Als sich Judith um sie kümmerte fiel ihr Blick auf die Spitze des Torhauses. Dort stand Aschfari in einer glänzenden Rüstung und hielt eine Fahne hoch. Judith lief zu ihr hin. „Das ist die Rüstung meines Vaters. Sie wird mir Glück und uns den Sieg bringen." sagte Aschfari zu allem entschlossen. „Las mich vermitteln." sagte Judith und schaute auf die wütenden Riesen herunter.

„Versuche es, wenn du dich traust." sagte Aschfari zweifelnd und mit einem Schrei stürzte sich Judith von der Mauer in die Tiefe. Sie schlug im Flug mit dem Knie, das sie sich im Riesendorf schon aufgeschlagen und das gerade wieder verheilt war, gegen einen Mauervorsprung. Sie stöhnte auf und fiel einem der Riesen auf den Rücken. Die Frau klammerte sich an dessen Hals fest und fast augenblicklich wurde es still um sie herum. Tausende Augen starrten Judith an. Im Gedanken verband sie sich mit dem Riesen, der der Anführer der Gruppe war.

Sie fragte warum die Riesen angriffen und erfuhr von der Unzufriedenheit, vom Hass, aber auch der Angst der Riesen. Sie erklärte, dass die neue Königin sich sicher für sie einsetzen würde.

Plötzlich fiel ein Schatten auf Judith herab. Sie blickte nach oben und sah Gerfikor über sich schweben. Er drehte zuerst über den Riesen und danach über der Stadt der Moki seine Runde. Von oben schrie er etwas auf all die Wesen unter sich herab.

Die Riesen fielen vor ihm auf die Knie und der eine setzte Judith vor sich auf den Boden. Um den Drachen, der gerade landete, bildete sich ein Kreis und Judith humpelte zu Gerfikor hinüber. Ihr Knie war nun wieder blau und dick geschwollen. Sie setzte sich neben den Drachen, der sich in einer fremden Sprache mit den Riesen unterhielt und schon nach ein paar Minuten zogen sich die Riesen zurück. Langsam verließen sie die Ebene und gingen in ihre Dörfer zurück.

Nun saß nur noch Judith neben dem Drachen vor dem Tor. „Was hast du ihnen gesagt?" fragte sie ihn und er antwortete „Nur das, was du vermutlich auch gesagt hast. Sie müssen Aschfari eine Chance geben. Jemand hatte sie aufgehetzt die Stadt zu stürmen. Ich habe aber keine Ahnung, wer es gewesen sein könnte." „Ich kann mir denken, wer es war." erwiderte Judith und fragte ihn „Kommst du morgen zur Krönung?" „Na klar mache ich das." antwortete Gerfikor und trat ein paar Schritte auf die Ebene hinaus. Er breitete seine Schwingen aus und mit ein paar kräftigen Flügelschlägen erhob er sich in die Luft.

Judith schaute ihm noch ein paar Minuten nach, dann versuchte sie aufzustehen, fiel aber sofort wieder hin. Hinter ihr öffnete sich das Tor der Stadt. Aschfari kam in der klappernden Rüstung auf sie zu gelaufen und half ihr auf. Die beiden umarmten sich und Aschfari drückte die Freundin ganz fest gegen den Stahl der Rüstung. „Durch dich gab es nur ein paar Verletzte. Ich danke dir für deine mutige Tat." sagte Aschfari, dann stützte sie die Freundin und Judith humpelte zurück in die Stadt.

Ein paar Minuten später lag Judith mit einem Eisbeutel auf dem Knie in ihrem Zimmer. Die Kälte tat gut und ließ die Schwellung langsam zurückgehen. „Ich hoffe du kannst morgen dabei sein." sagte Aschfari zu ihr, nachdem sie die Rüstung wieder abgelegt hatte. Judith nahm den Beutel ab und sah ihr Knie an. „Zum Glück geht mein Kleid bis unter das Knie. So sieh das wenigstens keiner." sagte sie mit einem Lachen. Aschfari nickte ihr zu.

„Wird Mokari eigentlich auch dabei sein? Ich meine bei deiner Krönung?" fragte Judith und die Prinzessin antwortet „Eigentlich schon, aber er hat sich entschuldigen lassen." „Warum wundert mich das nicht?" fragte Judith, mehr sich selbst als die Freundin. „Wir müssen sehr vorsichtig sein. Der Drache hat mir gesagt, dass die Riesen aufgehetzt worden sind und das genau vor deiner Krönung." stellte Judith fest. „Ich werde noch mal wegen der Sicherheitsmaßnahmen nachfragen." sagte Aschfari und verließ nachdenklich das Zimmer.

16. Kapitel

Die neue Königin

Schon wieder war Krach auf dem Gang, als Judith aus dem Schlaf schreckte. Viele Schritte waren vor der Tür zu hören. Vollkommen hektisch sprang sie aus dem Bett und humpelte zur Tür. „Was ist los? Greifen die Riesen wieder an?" rief sie nach draußen. „Alles gut." sagte Sewara ruhig „Aschfari ist nur viel zu aufgeregt und jagt uns hin und her." setzte sie mit einem gequälten Lächeln dazu.

Durch die offene Tür konnte sie die Prinzessin mit Lockenwicklern in den Haaren an dem Spiegel sitzen sehen. Judith verschwand ins Badezimmer und ging unter die Dusche. Das Knie tat ihr immer noch weh, sie zog sich einen kleinen Hocker unter die Dusche und setzte sich in die warmen Wasserstrahlen, die von allen Seiten auf sie einströmten. Nach ein paar Minuten ging sie sich anziehen.

Das Kleid verdeckte gerade so ihr dickes Knie und sie hoffte, dass sie nicht so weit laufen musste. Humpelnd ging sie in den Speisesaal hinunter, wo zu diesem Zeitpunkt keiner war, also suchte sie sich selbst etwas zu essen. In der oberen Etage hörte sie immer noch die Schritte hin und her eilen. Endlich kam Sewara in den Raum und setzte sich zu ihr. „Sie hat nun ihr Kleid an." sagte sie und griff sich ein Glas Saft. Mit einem Schluck trank sie das Glas aus.

„Was macht dein Knie?" fragte sie und Judith zog das Kleid ein Stück höher. „Es wird schon gehen." sagte sie schließlich und streifte den Stoff wieder hinab. Auf der Treppe war Aschfari zu sehen, die in einem schönen Kleid nach unten kam. „Wo ist Mokari?" fragte Judith sie und die Prinzessin wiegte den Kopf hin und her. „Heute Abend werde ich ihn absetzen, dann werden wir ermitteln und ihn verurteilen, wenn er es verdient hat." sie setzte sich an den Tisch und Judith hielt ihr das Obst hin.

„Ich kriege vor lauter Aufregung nichts runter." sagte Aschfari und schob den Teller zurück. „Kannst du laufen?" fragte sie Judith und die antwortete „Wenn ich nicht rennen muss, wird es schon gehen." Aschfari stand auf und gab der Freundin die Hand. Sie zog Judith vom Tisch weg und zum Fenster des Raumes. Der Blick der beiden fiel auf den Berg, der immer noch ziem-

lich weit weg war, auf dem die Krönung stattfin-
den sollte. „Wie kommen wir dort rauf?“ fragte
Judith und hoffte, dass die Freundin sagen würde
„Wir werden geflogen.“ Aber sie sagte „Uns holt
dann eine Fahrzeugkolonne ab und dann laufen
wir das letzte Stück. Dort oben darf keiner hin-
fliegen. Das ist heiliger Boden.“

Mit Schrecken dachte Judith an den Weg zum
Dorf der Riesen und an ihr Knie. Aschfari schien
das bemerkt zu haben und sagte schnell. „Wir
fahren mit dem Wagen so weit hoch wie möglich,
da musst du dann nicht so weit laufen.“ Judith
nickte dankbar. Sie setzte sich noch einmal auf
den Stuhl und rieb das immer noch geschwolle-
nen Knie in den Händen. Sewara brachte noch
einen Eisbeutel, den sie schnell auf das Knie legte
und die Kühlung tat so gut.

Nach ein paar Minuten sagte Aschfari vom
Fenster aus „Sie sind da.“ Judith hatte gar nichts
gehört und dachte erst jetzt wieder daran, dass die
Autos hier ja so leise waren. Sie stand auf und
legte den Eisbeutel auf den Tisch. Zusammen mit
der Prinzessin verließ sie das Haus und ging über
den Hof zu der kleinen Fahrzeugkolone. Etwa
zwanzig Fahrzeuge standen schon dort. Einige
mit fremden Fahnen geschmückt und eines mit

lauter Blumen. In dieses Auto stiegen die beiden
Frauen ein und die Kolonne setzte sich in Bewegung.

Überall am Straßenrand standen winkende
Menschen und Aschfari winkte durch die offene
Scheibe zurück. Immer weiter näherten sie sich
dem Berg. Am Fuße des Berges blieb die Kolone
stehen und nur das Auto von Aschfari fuhr noch
ein ganzes Stück den Hang hinauf. Die restliche
Begleitung folgte ihnen nun zu Fuß. Viele bunt
angezogene Menschen konnte Judith sehen, aber
auch ein paar Uniformen. Ein paar hundert Meter
vor der Bergspitze blieb das Auto stehen. „Ab
hier müssen wir laufen." sagte Aschfari und half
der Freundin aus dem Auto. Judith biss die Zähne
zusammen, um nicht so auffällig zu humpeln und
es ging.

Die Spitze des Berges war eigentlich keine
Spitze mehr. Wie mit einem Messer abgeschnit-
ten lag sie da und bildete eine Art von Plattform.
Etwa zweihundert Meter im Durchmesser und
fast Kreisrund. Auch hier waren wieder viele
Fahnen und Blumen. In der Mitte stand eine höl-
zerne Plattform, auf der schon eine alte Frau in
einem weißen Kleid stand. „Das ist Derfada, unsere Priesterin." flüsterte die Prinzessin ehrfürch-

tig. Eine Kapelle, die mit ihnen zusammen angekommen war, begann ein paar Lieder zu spielen
und schließlich trat Aschfari zu der Priesterin auf
die Plattform.

Plötzlich war ein Zischen in der Luft und als
Judith sich umdrehte sah sie den Drachen über
dem Berg schweben. „Ihr wollt doch nicht ohne
mich anfangen?" fragte er und landete neben der
Plattform. Derfada macht eine einladende Hand-
bewegung und Gerfikor stieg, fast wie ein
Mensch, die Treppe zu der Plattform hinauf. Die
Priesterin begann eine Ansprache, in der sie auf
die Verantwortung der Königin hinwies. Immer
wieder wurde Musik gespielt und es war sehr
feierlich, aber irgendetwas störte Judith. Sie
konnte nicht sagen, was es war, aber irgendetwas
lag in der Luft.

Wieder hörte sie ein Brummen und zischen,
diesmal kam es auf der anderen Seite des Berges
hoch. Ein riesiges Flugzeug stand an der Seite des
Berges und schwebte einfach nur so da herum.
Aber hatte Aschfari nicht gesagt, dass dies hier
verboten war? Derfada schrie das Flugzeug an
„Verschwinde." Doch es blieb. Eine Stimme aus
dem Inneren ertönte „Ich werde diese Krönung
verhindern." „Mokari." hörte Judith die Freundin

schreien. „Das kannst du nicht mehr." rief Derfada und drückte Aschfari die Krone auf den
Kopf. „Doch." schrie die Stimme aus dem Fluggerät.

Judith schob sich langsam zwischen die Plattform und das Fluggerät, während die anderen
schon fluchtartig die Bergkuppe verließen. Nach
ein paar Augenblicken waren nur noch Judith, die
neue Königin, der Drache und die Priesterin auf
dem Berg. So schnell sie konnte humpelte sie vor
die Plattform, warum wusste Judith selbst nicht.
Ein Blitz schoss aus dem Flugzeug und traf Judith
direkt in die Brust. Ihr wurde heiß und die Flammen setzen in ihrem Inneren ein. Wenig später
stand sie vollkommen in Flammen.

Aus dem Augenwinkel sah sie, wie sich Gerfikor mit ausgebreiteten Schwingen über die Königin und die Priesterin warf. Judith ging vor
Schmerz in die Knie, riss die Arme hoch und
schoss ihren Flammenstrahl auf das Flugzeug ab.
Es gab eine gewaltige Explosion. Das Flugzeug
löste sich in tausend Trümmer und einen gewaltigen Feuerball auf. Die Wand aus Feuer rollte
über die ganze Bergspitze. Als sie Judith erreichte
riss es sie nach hinten um und es wurde alles erst
grell vor Licht und dann Dunkel vor ihren Augen.

17. Kapitel

Ein neues Buch?

Etwas hatte sie gerade am Arm berührt und Judith drehte sich zur Seite. Sie öffnete die Augen und vor ihr stand, mit einer Kaffeetasse in der Hand, ihr Mann Andreas und sagte zu ihr „Steh auf du Langschläferin. Es ist zwar Sonntag, aber schon zehn Uhr durch." Judith setzte sich auf und gähnte. Dann streckte sie sich erst mal. „Das war ein irrer Traum." sagte sie schließlich und nahm den dampfenden Kaffee entgegen.

„Das Frühstück steht schon auf dem Tisch." erwiderte Andreas und drehte sich um, um in die Küche zu gehen. Judith nahm den ersten Schluck Kaffee, um wach zu werden. Danach stand sie auf und stürzte mit einem Schrei der Länge nach in das Schlafzimmer. Krampfhaft hielt sie die Tasse fest und versuchte keinen Kaffee auf den teuren Teppich zu verschütten, was ihr auch gelang.

Andreas kam sofort zurück gelaufen und half ihr auf. „Was ist das denn?" fragte er und zeigte auf das Knie seiner Frau, dass doppelt so dick war wie das andere. „Das war gestern Abend aber noch nicht." sagte er erschrocken. Judith schaute nach unten und stellte fest „Dann war es also doch kein Traum." Auf ihren Mann gestützt humpelte sie in die Küche und setzte sich an den Tisch.

Während der Mann einen Eisbeutel holte, begann sie zu erzählen, was ihr auf dem fremden Planet alles so widerfahren war. Sie erzählte von den Riesen, von Adefara, Aschfari und all den fremden Tieren. „Sollten wir da ein Buch draus machen?" fragte Andreas schließlich und Judith dachte nach. „Ich denke schon." sagte sie nach ein paar Minuten und humpelte ins Bad. Sie ließ sich eine Wanne ein und setzte sich in das warme Wasser.

Nach einer Weile klopfte es und Andreas steckte seinen Kopf durch die, nur einen Spalt breit geöffnete, Badezimmertür. Mit einem Block in der Hand fragte er „Wollen wir gleich mal was aufschreiben? Solange du dich noch daran erinnern kannst?" und Judith nickte dazu „Na klar, komm rein." sagte sie schließlich. Er setzte sich auf den Wannenrand und die Frau fing an, alles so genau zu beschreiben, wie sie sich daran erinnern konnte.

Nach einer ganzen Weile des Erzählens sagte
sie „Es wird langsam kalt, das Wasser meine ich.
Reichst du mir das Handtuch?" Andreas stand auf
und holte ihr das Tuch. „Soll ich dir helfen?"
fragte er und wollte ihre Hand nehmen, doch sie
schüttelte den Kopf und stemmte sich in der
Wanne hoch. „Na gut, dann gehe ich in das Arbeitszimmer. Kommst du dann nach?" fragte er
sie, während er schon an der Tür stand „Na klar."
sagte sie und humpelte ihm hinterher.

Es hatte doch länger gedauert, als sie es vor-
gehabt hatte, bis sie in T-Shirt und Jogginghose
in das Arbeitszimmer kam. „Vielleicht solltest du
morgen erst mal zum Arzt gehen" fragte er sie,
doch Judith schüttelte nur den Kopf und ließ sich
ächzend auf den Hocker sinken. Sie hatte einen
Eisbeutel mitgebracht und krempelte das Hosenbein hoch. Danach legte sie den Beutel auf ihr
Knie und erzählte weiter. Nun tippte Andreas
alles in seinen Computer.

Einen ganzen Tag und eine ganze Nacht erzählte die Frau, nur unterbrochen von den Gängen zum Kühlschrank, um einen neuen Eisbeutel
zu holen und dabei eine Kleinigkeit zu essen,
wenn man schon mal da war. Am Abend des
nächsten Tages war das Buch im Rohbau fertig

und Andreas machte sich an die Korrekturen. Für die nächsten Tage hatte er sich im Arbeitszimmer eingeschlossen und verließ es nur, um Kaffee zu holen.

Schließlich kam er mit den Worten „Schatz, ich bin fertig." endlich wieder aus seinem Arbeitszimmer heraus. Judith lag auf dem Sofa und schaute zu Fenster heraus. seine nächste Frage war „Wie geht es dir?" „Ich war beim Arzt und habe mich krankschreiben lassen. Das Röntgen und der Ultraschall haben aber nichts ergeben. Nur geprellt. Am Montag muss ich dann wieder zu Arbeit, aber kurze Hosen oder das schöne kurze Kleid werde ich für zwei Wochen sicher nicht anziehen können." Dabei zog sie das Hosenbein bis zum Knie hoch, das in allen Farben schillerte, die man sich nur vorstellen kann.

„Ich habe mal eine Frage." Begann sie „Was ist, wenn alle meine Träume wahr wären? Nicht nur die, von denen ich solche Andenken zurück bringe?" dabei zeigte sie auf das bunte Knie. „Ich habe mal irgendwo gelesen, wenn jemand träumt, so ist er in einem anderen Leben wach, und wenn er da träumt vielleicht in diesem Leben." erwiderte Andreas nachdenklich. Danach reichte er ihr das Manuskript zum Lesen und ging zum Kühlschrank. Die nächste halbe Stunde steckte er mit dem Kopf in dem Gerät und schob sich alles essbar in den Mund, das er greifen konnte.

„Und, wie gefällt es dir?" fragte er, als er wieder satt und zufrieden in das Wohnzimmer zurück kam und sich in den Sessel fallen ließ. „Ganz gut." antwortete sie „Aber du hättest es nicht so dramatisch machen sollen. Ich glaube nicht, dass mich die Drachen wirklich gebissen hätten." gab sie zu bedenken. „Ich muss doch den Leser etwas fesseln." antwortete er mit einem Lächeln „Und wer weiß was wirklich passiert wäre. Du mit der Bestie, alleine im Dunkeln der Höhle." setzte er schmunzelnd dazu. „Na so schlimm bin ich gar nicht." Erwiderte sie mit einem Lachen, in das der Mann einstimmte.

„Jetzt muss ich nur noch mit dem Verlag reden, wann wir das Buch rausbringen können." Erklärte Andreas und ging in sein Arbeitszimmer zurück. Judith las weiter und schaute dabei von Zeit zu Zeit aus dem Fenster. Irgendwo da draußen war dieser kleine Planet mit Aschfari und dem Drachen. Sie hörte ihren Mann telefonieren und schließlich kam er zurück. „Das Buch erscheint noch in diesem Sommer und unser beider Namen wird drauf stehen." sagte er „Also ein gemeinsames Buch." entgegnete sie, was er mit einem Nicken bestätigte. „Fein, ich freue mich darauf. Machen wir dann auch eine Lesereise?" fragte sie noch.

„Na sicher, da kannst du schon mal deinen Urlaub dafür verplanen." Gab er zu bedenken, als er den Raum mit dem Manuskript wieder verließ. „Klasse, wir machen Urlaub und dein Verlag be-zahlt." rief sie ihm hinterher.

18. Kapitel

Das Treffen

Nun waren sie schon mehr als eine Woche unterwegs auf ihrer Lesereise. Wie jeden Tag davon saßen sie in einem kleinen Buchladen und vor ihnen viele Menschen, die aufmerksam dem lauschten, was Andreas vorlas. Schon oft hatte Judith nun dieselbe Geschichte gehört und doch dachte sie immer wieder an den fremden Planeten und die Freunde dort zurück.

Sie schaute sich in dem kleinen Laden um, viele Bücher standen dort in dem Regalen und in der Mitte stand ein großes Sofa, auf dem sicher zehn Leute saßen. Stühle und Sessel waren in fast jeden freien Raum gestellt und die Menge an Menschen war für den kleinen Raum mehr als ausreichend. Einige mussten sogar ganz hinten stehen und auch diese folgten den Ausführungen ganz gespannt. Einige Zwischenfragen wurden gestellt, die Judith alle beantwortete.

Zum Schluss kamen alle der Reihe nach nach vorn, um sich das Buch von Andreas oder von Judith signieren zu lassen. Der Raum leerte sich langsam und es ging auch schon auf den Abend zu. Diesmal war es besonders lange gegangen. Der Frau fielen schon fast die Augen zu. In der Nacht waren sie erst in diese Stadt gekommen und geschlafen hatte sie nur ein paar Stunden. Schließlich waren nur noch ein paar Menschen in dem Laden und Judith begann ihre Sachen zusammen zu räumen.

Eine Stimme mit einem seltsamen Akzent sprach sie von der Seite aus an „Hallo Judith." Und als die Frau aufsah, war die Müdigkeit verflogen. „Aschfari, was machst du denn hier? Bist du es wirklich?" fragte sie aufgeregt und die andere Frau nickte nur. Sie hatte ein knielanges weißes Kleid an und ein Haarband so um den Kopf gebunden, dass es die Spitzen ihrer Ohren verdeckte. So sah sie genauso aus wie ein normaler Mensch. Die beiden Freundinnen umarmten sich und nun wurde auch Andreas auf die Beiden aufmerksam.

„Wie bist du denn hier her gekommen?" fragte Judith und Aschfari setzte sich mit ihr zusammen auf das Sofa. „Du weißt doch, dass Mokari so viel Energie für sich abgezweigt hatte. Nachdem er bei dem Absturz seines Fluggerätes ums Leben gekommen war, haben wir alles beschlagnahmt, was er so gemacht und entwickelt hat. Dabei sind wir auf ein superschnelles Raumschiff gestoßen, das er fast fertig gebaut hatte. Wir haben es zu Ende gebaut und sind dann losgeflogen, um deinen Mann über deine Heldentat und dein Ende zu informieren. Fast hätten wir beim Anflug euren Mond gerammt und nun haben wir auf der Rückseite eine Landebasis. Von dort aus haben wir nach einer Spur von ihm gesucht und sind auf dieses Buch gestoßen.“ Dabei hielt sie ein Exemplar des Buches hoch. „Der Rest war dann ganz einfach.“

„Wie geht es dir?“ fragte Judith und die Königin erzählte weiter. „Adefara ist bei uns auf dem Schiff. Sie ist unsere leitende Ingenieurin. Hier haben wir festgestellt, dass ihr Volk euch schon oft besucht hat. Auf unseren Planeten waren ihre Vorfahren vor vielen hundert Jahren gestrandet. Nun suchen wir ihr Volk überall. Mein Verlobter ist auch an Bord. Ich hoffe du kommst uns besuchen, wenn wir heiraten?“ dabei blickte sie Judith fragend an. „Wenn ich kann, gern.“ erwiderte diese. Aschfari zog einen der silbernen Kästen aus der Tasche, ein Sprechgerät, wie es Adefara ihr einst gegeben hatte. „Mit diesem Gerät kannst du uns überall erreichen. Hier der linke Knopf ist für mich, der Rechte für Adefara. Wir haben eine Relaisstation auf der Rückseite des Mondes eingerichtet."

Aschfari stand auf und ergriff Judiths Hand. Im Weggehen rief diese ihrem Mann zu „Wir treffen uns dann im Hotel." Andreas nickte und packte die restlichen Sachen ein. Die beiden Frauen gingen Hand in Hand durch einen kleinen Park und danach zu einem Teich, der dort in der schon beginnenden Dämmerung lag. „Mokari hatte das Raumschiff schon fast fertig. Er hatte es schwer bewaffnet und keiner weiß, was er wohl damit vorhatte. Sicher nichts Friedliches. Wenn du ihn nicht gestört hättest, als du mich im Dorf der Riesen gerettet hast. Hätte er sicher etwas Schlimmes angestellt. Vielleicht sogar euren Planeten überfallen." sagte Aschfari, als sie an einer Bank angekommen waren.

„Wir haben die Waffen wieder entfernt und nun suchen wir erst mal, als Forschungsschiff, den ursprünglichen Planeten der Dwari." erklärte Aschfari „Nun muss ich aber wieder los." sagte sie schließlich und zeigte dabei auf den Mond. „Du lädst mich aber zu deiner Hochzeit ein?" fragte Judith „Versprochen." antwortete die Freundin, obwohl sie das ja schon gemacht hatte, und umarmte Judith zum Abschied. Sie trat von der Bank weg und sprach in das Sprechgerät „Adefara, ich wäre jetzt so weit." Ein silbernes Leuchten umhüllte Aschfari und während sie sich langsam auflöste, winkte sie der Freundin noch mal mit der Hand zu. Dann war sie verschwunden.

Judith schaute ihr hinterher, dann zum Mond, danach schlenderte sie, ganz in Gedanken versunken, zum Hotel zurück

„Was für ein schöner Schluss für ein Buch." dachte sie.

ENDE

Aktuelle Informationen und Neuerscheinungen finden sie immer im Internet unter:

www.Goeritz-Netz.de